L'éternel mari

ŒUVRES PRINCIPALES

Les nuits blanches
L'éternel mari
Le double
Notes d'un souterrain
Une sale histoire
La douce
Récits de la maison des morts
Le joueur
L'idiot
Crime et châtiment
Les possédés
L'adolescent
Les frères Karamazov

Fiodor Dostoïevski

L'éternel mari

Traduit du russe
par Bernard Kreise

Librio

Texte intégral

1

VELTCHANINOV

L'été arriva, et contre toute attente Veltchaninov resta à Pétersbourg. Il n'avait pu entreprendre son voyage dans le sud de la Russie et il n'entrevoyait pas la fin de son affaire. Cette affaire — un procès au sujet d'une propriété — prenait une très mauvaise tournure. Trois mois plus tôt elle semblait fort peu compliquée, quasiment indiscutable; mais tout avait soudain changé. « Et en général tout se mettait à changer pour le pire! » : cette phrase aussi Veltchaninov se la répétait avec une joie sarcastique. Il employait un avocat habile, cher, connu et ne regardait pas à la dépense; mais son impatience et sa méfiance le poussaient à s'occuper de l'affaire lui-même : il lisait et rédigeait des notes, qui étaient toutes mises à la corbeille par l'avocat, il courait les administrations pour prendre des renseignements et gênait beaucoup sans doute toute l'affaire; l'avocat avait fini par se plaindre et l'avait chassé à la campagne. Mais là encore il ne s'était pas décidé à partir à la campagne. La poussière, la chaleur, les nuits blanches, les nerfs irrités, voilà ce dont il jouissait à Pétersbourg. Son appartement était situé près du Grand Théâtre, il le louait depuis peu de temps, et cela n'avait pas non plus été une réussite : « Rien ne réussissait! » Son hypocondrie augmentait de jour en jour; mais il était enclin à l'hypocondrie depuis longtemps.

C'était un homme qui avait beaucoup vécu et sur un grand pied; il était loin d'être jeune, environ trente-huit ou trente-neuf ans, et toute cette « vieillesse » — selon sa propre expression — était arrivée « d'une façon vraiment tout à fait inattendue »; il comprenait lui-même toutefois qu'il avait vieilli non pas tant en quantité d'années, mais, si l'on peut dire, en qualité et que si ses maladies étaient apparues, c'était plutôt de l'extérieur que de l'intérieur. A le voir il semblait être encore un bel homme. C'était un grand gaillard, robuste, roux clair et sans le moindre cheveu blanc, avec une longue barbe rousse qui lui arrivait presque au milieu de la poitrine; à première vue quelque peu gauche et dégradé, semble-t-il; mais, en le regardant plus attentivement, vous auriez tout de suite distingué en lui un monsieur parfaitement maître de lui-même et qui avait reçu autrefois une éducation des plus aristocratiques. Maintenant encore les manières de Veltchaninov étaient très libres, audacieuses et même gracieuses, malgré toute l'humeur bougonne et la gaucherie qu'il avait acquises. Et même jusqu'à présent il était plein de cette sûreté la plus inébranlable, la plus aristocratiquement insolente, dont il ne soupçonnait peut-être pas en lui-même la mesure, bien qu'il fût un homme non seulement intelligent, mais même sensé parfois, presque cultivé et possédant des dons indubitables. Le teint de son visage, ouvert et rougeaud, se distinguait dans sa vieillesse par une tendresse féminine et attirait l'attention des femmes; et, même maintenant, d'aucuns disaient en le regardant : « Quel gaillard, du sang et du lait ! » Et cependant, ce « gaillard » était cruellement frappé par l'hypocondrie. Ses yeux, grands et bleus, avaient eu il y a une dizaine d'années une expression vraiment triomphatrice; c'étaient des yeux si clairs, si gais et si insouciants qu'ils avaient attiré quiconque le rencontrait. Maintenant, vers la quarantaine, la clarté et la bonté s'étaient presque éteintes en ces yeux qui étaient déjà cernés de petites rides; elles avaient cédé la place au cynisme d'un homme fatigué et pas tout à fait moral, à la ruse, et le plus souvent à la raillerie et aussi à une nouvelle nuance qui n'existait pas auparavant : une nuance de tristesse et de douleur, d'une tristesse vague, comme sans objet, mais profonde. Cette tristesse se manifestait particulièrement quand il restait seul. Et, chose étrange, cet homme turbulent, gai et distrait il y a deux ans encore, qui racontait si merveilleusement des histoires si drôles, n'aimait rien tant maintenant que de rester complètement seul. Il avait intentionnellement délaissé de nombreuses connaissances, que même maintenant il aurait pu ne pas délaisser, malgré la déroute définitive de ses finances. Il est vrai que la vanité y était pour quelque chose : avec sa méfiance et sa vanité il lui était impossible de supporter ses relations d'autrefois. Mais sa vanité aussi s'était peu à peu transformée en solitude. Elle n'avait pas diminué, au contraire; mais elle avait dégénéré en une espèce particulière de vanité, qui n'existait pas autrefois : il se mettait parfois à souffrir pour d'autres raisons que celles qu'il avait connues autrefois, pour des raisons inattendues et tout à fait impensables avant, des raisons « supérieures » à celles d'autrefois, « si l'on peut toutefois s'exprimer ainsi, si réellement il existe des raisons supérieures et inférieures... ». Cela, du moins, il l'ajoutait lui-même.

Oui, il en était arrivé là : il se battait maintenant avec des raisons *supérieures*, auxquelles il n'aurait même pas songé avant. Dans son esprit et dans son cœur il qualifiait d'élevées toutes les « raisons » dont il ne pouvait (à sa propre surprise) en aucune façon se moquer en lui-même, ce qui jusqu'à présent ne lui était pas arrivé, en lui-même bien entendu; oh! en société, c'était autre chose! Il savait parfaitement bien qu'il suffisait qu'une occasion se présente et dès le lendemain, à haute voix, malgré toutes les décisions mystérieuses et pieuses de sa conscience, il renoncerait le plus calmement du monde à toutes ces « raisons supérieures » et lui-même, le premier, les ridiculiserait, sans rien avouer bien entendu. Il en était effectivement ainsi, malgré une certaine part, fort importante même, d'indépendance de pensée qu'il avait conquise ces derniers temps sur les « raisons inférieures » qu'il avait subies jusqu'à présent. Et lui-même, combien de fois, en se levant du lit le matin, ne s'était-il pas mis à avoir honte des pensées et des sentiments qu'il avait éprouvés durant une nuit d'insomnie! (Et il souffrait constamment ces derniers temps d'insomnie.) Il avait remarqué depuis longtemps déjà qu'il devenait extrêmement méfiant de tout, dans les choses importantes comme dans les petites choses, et c'est pourquoi il s'était mis à croire en lui le moins possible. Mais des faits survenaient cependant qu'il était impossible de ne pas reconnaître comme existant réellement. Ces derniers temps, la nuit parfois, ses pensées et ses sensations avaient presque tout à fait changé par comparaison à celles d'autrefois et la plupart du temps ne ressemblaient pas du tout à celles qui étaient en lui durant la première moitié de la journée. Cela l'avait frappé et il avait même consulté un médecin célèbre, un homme, il est vrai, qu'il connaissait; bien entendu il lui avait parlé en plaisantant. Il avait obtenu la réponse suivante : le fait de la modification et même du dédoublement des pensées et des sensations la nuit au cours d'une insomnie, ou bien la nuit d'une manière générale, est un fait répandu parmi les êtres humains qui « ont des fortes pensées et des sentiments forts »; parfois les convictions de toute une vie changent soudain sous l'influence mélancolique de la nuit et de l'insomnie; soudain, sans qu'on y prenne garde, les décisions les plus fatidiques sont prises; mais, bien sûr, tout cela est vrai jusqu'à un certain point, et enfin, si le sujet ressent en lui trop fortement ce dédoublement, de sorte qu'il en vienne à souffrir, c'est alors le signe qu'il fait une maladie; et il faut donc prendre des mesures sans tarder. Le mieux est de changer radicalement son mode de vie, de changer sa diète ou même d'entreprendre un voyage. Un laxatif, bien sûr, est utile.

Veltchaninov n'écouta pas plus loin : la maladie lui était tout à fait démontrée.

« Ainsi tout cela n'est qu'une maladie, toutes ces choses "supérieures" ne sont qu'une maladie et rien de plus ! » s'écriait-il parfois en lui-même avec sarcasme. Il n'avait pas du tout envie d'être d'accord avec cela.

Bientôt d'ailleurs, ce qui se passait exclusivement au cours de la nuit se répéta le matin aussi, mais avec toutefois plus de fiel que la nuit, avec de la hargne à la place du remords, avec de la raillerie à la place de l'humilité. En fait il s'agissait de certains événements qui lui venaient de plus en plus souvent à la mémoire, « brusquement et Dieu sait pourquoi », qui remontaient à sa vie passée et passée depuis longtemps, mais qui lui revenaient d'une façon particulière. Veltchaninov, depuis longtemps déjà, se plaignait de perdre la mémoire : il oubliait le visage de gens qu'il connaissait, qui, lorsqu'il les rencontrait, lui en voulaient à cause de cela ; un livre, qu'il avait lu six mois plus tôt, il l'oubliait complètement en ce laps de temps. Eh bien quoi ? Malgré cette perte quotidienne et évidente de mémoire (dont il s'inquiétait beaucoup), tout ce qui touchait au passé lointain, tout ce qui avait été complètement oublié depuis dix ans, quinze ans même, tout cela lui revenait soudain en mémoire parfois, mais avec une exactitude d'impressions et de détails si étonnante, qu'il semblait les revivre. Certains des événements dont il se souvenait étaient à ce point oubliés que le simple fait qu'ils puissent revenir à sa mémoire lui semblait être un miracle. Mais ce n'était pas tout encore ; qui, parmi ceux qui ont largement vécu, n'a pas ses propres souvenirs ? Mais le fait est que tous ces souvenirs revenaient à lui maintenant avec un point de vue sur les faits comme préparé par quelqu'un, tout à fait nouveau, inattendu et qui eût été tout à fait impensable auparavant. Pourquoi certains souvenirs lui paraissaient maintenant tout à fait criminels ? Et il ne s'agissait pas seulement des jugements de son esprit : il n'aurait volontiers pas cru son esprit maussade, solitaire et malade ; mais cela allait jusqu'aux malédictions et presque aux larmes, pas extériorisées sans doute, mais intérieures. Et il y a deux ans encore il n'aurait pas cru, si on le lui avait dit, qu'il pleurerait un jour ! Au début, d'ailleurs, il se souvenait plutôt de ce qui l'avait blessé que de ce qu'il avait ressenti : des infortunes, des humiliations mondaines lui venaient en mémoire ; il se souvenait, par exemple, comment « un intrigant l'avait calomnié », en conséquence de quoi on avait cessé de le recevoir dans une maison ; comment par exemple, et il n'y avait pas si longtemps, il avait été positivement et publiquement offensé et n'avait pas pour autant provoqué un duel ; comment on l'avait une fois remis à sa place avec une épigramme très ironique dans un cercle de fort belles femmes, et il n'avait pas trouvé quoi répondre. Deux ou trois dettes impayées lui revinrent en mémoire, dérisoires certes, mais des dettes d'honneur et auprès de gens qu'il avait cessé de fréquenter et dont il avait déjà dit du mal. Le souvenir de deux fortunes dépensées de la façon la plus stupide le torturait (mais seulement dans les instants de hargne les plus intenses), chacune d'elles étant importante. Mais bientôt il se mit à se souvenir aussi des choses « supérieures ».

Soudain, par exemple, « de but en blanc » il se souvenait de la figure oubliée — totalement oubliée — d'un petit vieux fonctionnaire, tout grisonnant et ridicule, qu'il avait humilié autrefois, il y a bien longtemps, publiquement et impunément, uniquement par fanfaronnade : pour la seule et unique raison que ne disparaisse pas vainement un calembour très drôle et bien senti qui lui avait valu une certaine gloire et que l'on s'était mis à répéter par la suite. Il avait à ce point oublié ce fait, qu'il ne pouvait même pas se rappeler le nom de ce petit vieux, bien que toutes les circonstances de l'aventure se présentassent à lui dans une clarté incompréhensible. Il se rappela très clairement que le vieillard avait alors pris la défensc de sa fille qui vivait avec lui et ne se mariait pas, et au sujet de laquelle des bruits couraient en ville. Le petit vieux était prêt à répondre et à se fâcher, quand soudain il avait éclaté en sanglots devant tout le monde, ce qui avait même produit un certain effet. On avait mis fin à cela en l'enivrant avec du champagne, pour rire, et on s'en était moqué à loisir. Et quand Veltchaninov s'était maintenant souvenu « de but en blanc » de la façon dont le petit vieux sanglotait et se cachait avec ses mains comme un enfant, il lui sembla soudain qu'il ne l'avait jamais, semble-t-il, oublié. Et chose étrange : tout cela lui avait alors semblé très drôle; mais maintenant, c'était le contraire, à cause des détails précisément, précisément quand il s'était recouvert le visage de ses mains. Puis il s'était rappelé comment, uniquement pour plaisanter, il avait calomnié l'épouse très belle d'un instituteur et que la calomnie était parvenue au mari. Veltchaninov était rapidement parti de cette petite ville et il ne savait pas quelles avaient été les conséquences de sa calomnie; mais maintenant il s'était mis soudain à imaginer quelles avaient été ces conséquences et Dieu sait jusqu'où serait allée son imagination si brusquement il n'avait eu un souvenir bien plus proche au sujet d'une jeune fille, issue d'un milieu de petits-bourgeois, qui ne lui plaisait même pas et dont, il faut l'avouer, il avait honte, et à laquelle, lui-même ne sachant pourquoi, il avait fait un enfant, et qu'il avait abandonnée comme ça, sans même lui dire adieu (il n'avait pas le temps, il est vrai) quand il était parti de Pétersbourg. Il avait par la suite recherché cette jeune fille une année entière, mais il n'avait absolument pas pu la retrouver. D'ailleurs de tels souvenirs surgissaient presque par centaines, au point même que chaque souvenir semblait en entraîner des dizaines d'autres. Peu à peu sa vanité aussi s'était mise à souffrir.

Nous avons déjà dit que sa vanité avait dégénéré en quelque chose de particulier. C'est exact. A certains moments (rares, d'ailleurs) il en arrivait à un tel oubli de soi qu'il n'avait même pas honte de ne pas posséder son propre équipage, de traîner à pied d'une administration à l'autre, d'être devenu quelque peu négligé dans sa tenue, et s'il était arrivé que l'une de ses anciennes connaissances le toise d'un regard moqueur dans la rue ou ait simplement l'idée de ne pas le reconnaître, il aurait eu vraiment tant d'orgueil qu'il n'aurait même pas froncé les yeux. Ne pas froncer les yeux sérieusement, pour de bon, et non pas uniquement pour la montre. Bien entendu, tout cela arrivait rarement, ce n'était que des moments d'oubli de soi et d'irritation, mais malgré tout sa vanité s'éloignait peu à peu des anciens sujets et se concentrait autour d'une seule question, qui lui venait sans cesse à l'esprit.

« Eh bien oui, se mettait-il à penser parfois de façon acerbe (et presque toujours, en pensant à lui-même, il devenait acerbe), eh bien oui : quelqu'un quelque part se préoccupe donc de corriger ma morale et m'envoie ces maudits souvenirs et ces "larmes de repentir". Soit, mais c'est inutile ! Ce ne sont en effet que des cartouches à blanc ! Enfin ne suis-je pas absolument certain, et sans l'ombre d'un doute même, que, malgré tous ces repentirs larmoyants et ces condamnations de moi-même, je n'ai pas en moi la moindre parcelle d'indépendance, malgré ces stupidissimes quarante ans ? En effet, que demain même survienne une pareille tentation, bref que de nouveau les circonstances soient telles que j'aie intérêt à répandre un bruit selon lequel la femme d'un instituteur a reçu de ma part un cadeau, eh bien, je le répandrai, je ne vacillerai pas, et pire encore, de façon plus dégoûtante encore que la première fois, les choses marcheront, parce que cette fois ce sera la deuxième et non la première ! Et que vienne de nouveau à m'offenser ce petit prince, fils unique de sa mère, que j'ai blessé à la jambe, je le provoquerai immédiatement en duel et je le planterai de nouveau sur une jambe de bois. Et ce ne seront pas des balles à blanc, à quoi pourraient-elles servir ? Et pourquoi se souvenir, alors que je n'ai pas la moindre idée de la façon dont je dois me détacher de moi-même comme il faut ? »

Et bien que ce qui s'était passé avec la femme de l'instituteur ne se soit pas répété, bien qu'il n'ait planté personne sur une jambe de bois, la pensée que cela devait absolument se répéter si telles étaient les circonstances, cette seule pensée le tuait presque... parfois. On ne peut pas en effet toujours souffrir de ses souvenirs ; on peut se reposer et aller se promener, pendant les entractes.

C'est ce que faisait Veltchaninov : il était prêt à aller se promener pendant les entractes ; mais malgré tout, plus les choses avançaient, plus sa vie à Pétersbourg devenait désagréable. Et juillet approchait déjà. Parfois il prenait brusquement la décision de tout abandonner, y compris les poursuites, et de partir quelque part, sans se retourner, comme ça, brusquement, au petit bonheur, pourquoi pas en Crimée, par exemple ? Mais habituellement, au bout d'une heure il méprisait déjà son idée et la ridiculisait : « Ces idées mauvaises ne cesseront pas dans quelque Sud que ce soit, dès l'instant qu'elles sont là et que je suis un tant soit peu honnête homme, et il ne sert donc à rien de les fuir, cela n'apportera rien. »

« Oui, pourquoi fuir ? continuait-il à philosopher à cause de son chagrin, ici il y a tellement de poussière, on étouffe tellement, dans cette maison où tout est si taché ; dans ces administrations où je traîne, au milieu de tous ces gens affairés, il y a tant de vanité méprisable, tant de soucis se bousculent ; chez tous ces gens qui restent en ville, sur tous ces visages qui apparaissent du matin au soir, tout leur amour-propre est si naïvement et si ouvertement raconté, avec toute leur insolence naïve, toute la poltronnerie de leur petite âme, toute la lâcheté de leur petit cœur, qu'il est vrai que c'est un paradis pour hypocondriaque, pour parler le plus sérieusement du monde ! Tout est franc, tout est clair, on ne considère même pas comme nécessaire de tout dissimuler, comme chez nos messieurs quand ils sont dans leur maison de campagne ou aux eaux, à l'étranger ; et donc tout cela mérite le respect le plus complet, ne serait-ce que pour la franchise et la simplicité... Je n'irai nulle part ! Je crèverai ici, mais je n'irai nulle part !... »

2

LE MONSIEUR AVEC LE CRÊPE AU CHAPEAU

C'était le trois juillet. La moiteur et la chaleur étaient insupportables. La journée s'était présentée pour Veltchaninov comme des plus occupées : toute la matinée il avait dû aller ici et là, et il entrevoyait l'absolue nécessité de rendre visite le soir même à un monsieur indispensable, homme d'affaires et conseiller d'État, dans sa maison de campagne, quelque part sur la rivière Tchornaya, afin de le trouver à l'improviste chez lui. Vers cinq heures Veltchaninov entra enfin dans un restaurant (fort douteux, mais français) sur la perspective Nievski, près du pont Politséïski, il s'assit dans son coin habituel à sa petite table et demanda son déjeuner quotidien.

Il prenait quotidiennement un déjeuner d'un rouble et payait un supplément pour le vin, ce qu'il estimait être un sacrifice volontairement consenti malgré sa situation délabrée. Tout en s'étonnant de la façon dont on pouvait manger une telle saleté, il dévorait tout cependant, jusqu'à la moindre miette, et à chaque fois avec un appétit tel qu'il semblait n'avoir pas mangé depuis trois jours. « C'est quelque chose de maladif », marmonnait-il, en remarquant parfois son appétit. Mais ce jour-là il s'était installé à sa table dans un état d'esprit des plus détestables, avait lancé son chapeau quelque part avec mauvaise humeur, s'était accoudé pour réfléchir. Si l'un des voisins qui déjeunaient à côté de lui s'était avisé de faire du bruit ou si le gamin qui le servait ne l'avait pas compris au premier mot, lui, qui savait être poli et si hautainement imperturbable, quand il le fallait, aurait certainement fait un scandale, tel un jeune aspirant, et il s'en serait sans doute suivi toute une histoire.

On lui servit la soupe, il prit la cuillère, mais soudain, alors qu'il avait à peine eu le temps de la remplir, il la jeta sur la table et faillit bondir de sa chaise. Une idée inattendue l'avait brusquement éclairé : à cet instant — et Dieu sait par quel processus — il avait soudain pleinement compris la cause de son angoisse, de cette angoisse particulière et précise qui, ces derniers jours, ne cessait de le torturer, qui s'était Dieu sait comment nouée et qui, Dieu sait pourquoi, ne voulait pas se dénouer ; mais maintenant il avait vu et compris tout clairement.

— Tout cela, c'est ce chapeau ! marmonna-t-il comme inspiré, uniquement et seulement ce maudit chapeau rond, avec ce crêpe de deuil dégoûtant, c'est la cause de *tout* !

Il se mit à penser, et plus il était plongé dans ses pensées, plus il devenait maussade et plus « tout l'événement » devenait à ses yeux étonnant.

« Mais... mais, cependant, de quel événement s'agit-il ici ? aurait-il bien protesté, par manque de confiance en lui ; y a-t-il ne serait-ce que l'ombre d'un événement ? »

Voici en quoi consistait toute l'affaire : il y a presque deux semaines de cela (en réalité il ne se le rappelait pas, mais il semblait que cela faisait deux semaines), il avait rencontré pour la première fois, en ville, quelque part à l'angle des rues Podiatcheskaïa et Méchtchanskaïa, un monsieur avec un crêpe au chapeau. Le monsieur était comme tout le monde, il n'y avait rien en lui de bien particulier, il était passé rapidement, mais il avait regardé Veltchaninov un peu trop fixement et on ne sait pourquoi avait tout de suite attiré très fortement l'attention sur lui. Du moins sa physionomie avait-elle semblé connue à Veltchaninov. Visiblement il l'avait rencontrée autrefois quelque part. « Mais d'ailleurs n'ai-je pas rencontré des milliers de physionomies dans ma vie, on ne peut toutes se les rappeler ! » Après avoir fait une vingtaine de pas, il avait semble-t-il déjà oublié cette rencontre, malgré la première impression. Mais l'impression, cependant, avait persisté toute la journée, et de façon assez originale : sous la forme d'une hargne particulière, sans objet. Maintenant, deux semaines plus tard, il se souvenait de tout clairement ; il se souvenait aussi qu'il n'avait alors pas du tout compris d'où lui venait cette fureur, et il ne le comprenait pas au point que pas même une fois il n'avait rapproché et confronté son état d'esprit détestable durant toute cette soirée-là avec la rencontre du matin. Mais le monsieur lui-même s'était empressé de se rappeler à son bon souvenir et le lendemain Veltchaninov s'était de nouveau heurté à lui sur la perspective Nievski et de nouveau il l'avait regardé d'une façon assez étrange. Veltchaninov avait craché, mais, après avoir craché, il s'était tout de suite étonné de son crachat. Il est vrai qu'il existe des physionomies qui inspirent immédiatement une répulsion sans objet et sans but. « Oui, je l'ai réellement rencontré quelque part », marmonna-t-il pensif, mais une demi-heure après la rencontre. Puis il avait de nouveau passé la soirée dans une humeur des plus détestables ; il avait même fait quelque mauvais rêve au cours de la nuit, mais malgré tout il ne lui était pas venu à l'esprit que toute la cause de cette nouvelle angoisse particulière qui était la sienne était seulement et uniquement le monsieur endeuillé de tout à l'heure, bien que ce soir-là il se soit plus d'une fois souvenu de lui. Il avait même éclaté en fureur à l'idée qu'une « telle saleté » osât rester dans sa mémoire aussi longtemps ; quant à lui attribuer toute son agitation, il aurait sans doute considéré cela comme humiliant, si seulement cette pensée lui était passée par la tête. Deux jours plus tard ils s'étaient de nouveau rencontrés, dans la foule, à la sortie d'un bateau de la Néva. Cette fois, la troisième, Veltchaninov aurait juré que le monsieur au chapeau endeuillé l'avait reconnu, mais il avait été séparé de lui, entraîné et cerné par la foule ; il semblait même qu'il avait eu « l'audace » de lui tendre la main ; peut-être même avait-il crié et l'avait-il appelé par son nom. Mais Veltchaninov n'avait d'ailleurs pas entendu cela clairement... « Qui peut donc bien être cette canaille et pourquoi ne s'approche-t-il pas de moi si vraiment il me reconnaît et s'il a tant envie de s'approcher ? » songea-t-il en rage alors qu'il prenait un fiacre pour se rendre au monastère de Smolny. Une demi-heure plus tard il était déjà en train de discuter et de faire du scandale auprès de son avocat, mais le soir et la nuit il avait été de nouveau dans une angoisse des plus dégoûtantes et des plus fantastiques. « Ne serait-ce pas un épanchement de bile ? » s'était-il demandé, rempli de doutes, en se regardant dans un miroir.

Cela avait été la troisième rencontre. Puis environ cinq jours de suite il n'avait rencontré strictement « personne », et la rumeur au sujet de cette « canaille » s'était calmée. Mais pendant ce temps il n'avait cessé de se souvenir du monsieur avec le crêpe au chapeau. Veltchaninov s'était surpris à penser à ce monsieur, avec un certain étonnement : « Pourquoi m'écœure-t-il ainsi, hein ? Hum !... Oui, mais peut-être est-il aussi très occupé à Pétersbourg ; de qui porte-t-il donc le deuil avec ce crêpe ? A l'évidence il m'a reconnu, mais moi je ne le reconnais pas. Et pourquoi ces gens-là portent-ils un crêpe ? Cela ne leur va pas pourtant... Il me semble que si je l'examinais de plus près, je le reconnaîtrais... »

Et quelque chose avait semblé se mettre à tressaillir dans ses souvenirs, tel un mot connu, mais soudain, on ne sait pourquoi, oublié et que l'on essaie de toutes ses forces de se rappeler : on le connaît très bien et on sait qu'on le connaît, on marche à côté de lui ; mais ce mot ne peut revenir en mémoire, quelle que soit la façon dont on se bat contre lui !

« C'était... c'était il y a longtemps... et c'était quelque part... C'était... c'était... — oh, que le diable l'emporte, peu importe ce que c'était ou ce que ce n'était pas ! cria-t-il soudain en fureur. Cela vaut-il la peine de se salir et de s'humilier ainsi pour une telle canaille ?... »

Il s'était emporté terriblement; mais le soir, quand il s'était souvenu soudain qu'il s'était emporté dans l'après-midi, et « terriblement », cela lui avait été extrêmement désagréable : quelqu'un semblait avoir découvert en lui quelque chose. Il s'était troublé et étonné.

« Il y a donc des causes qui font que je suis si furieux... de but en blanc... au seul souvenir... » Il n'était pas allé au bout de son idée.

Et le lendemain il avait été encore plus furieux, mais cette fois il lui semblait qu'il y avait de quoi et qu'il avait tout à fait raison ; « l'impudence était inouïe » : le fait est que la quatrième rencontre avait eu lieu. Le monsieur au crêpe était de nouveau apparu, comme sorti de terre. Veltchaninov venait de rencontrer dans la rue ce monsieur qui lui était indispensable, ce conseiller d'État qu'il était en train de rechercher pour le surprendre au moins à l'improviste à la campagne, car ce fonctionnaire, que Veltchaninov connaissait à peine, mais dont il avait besoin pour son affaire, était, maintenant comme avant, insaisissable et se cachait, avec le désir absolument évident, de son côté, de ne pas rencontrer Veltchaninov; comme il se réjouissait de l'avoir enfin trouvé, Veltchaninov lui emboîta le pas, en se dépêchant, le regardant dans les yeux et tendant toutes ses forces pour faire que ce vieux malin aux cheveux blancs en vienne à un sujet, une conversation, au cours de laquelle, peut-être, il parlerait et laisserait d'une façon ou d'une autre échapper quelque mot recherché et depuis longtemps attendu; mais le vieux malin aux cheveux blancs avait aussi sa tête, il se murait dans son sourire et son silence, et c'est précisément à cet instant extrêmement tendu que le regard de Veltchaninov distingua soudain sur le trottoir opposé de la rue le monsieur avec le crêpe au chapeau. Il ne bougeait pas et les regardait tous les deux fixement de là-bas ; il les épiait, c'était évident, et il ricanait même, semble-t-il.

« Que le diable l'emporte ! éclata en fureur Veltchaninov, qui avait cessé d'accompagner le fonctionnaire et qui attribuait toute sa malchance à la soudaine apparition de cet "insolent" ; que le diable l'emporte, il m'espionne ou quoi ! Il est payé par quelqu'un, ou quoi, et... et... je jurerais qu'il se moque ! Je jure que je vais le briser... Il est seulement dommage que j'aille sans canne ! Je vais acheter une canne ! Je n'en resterai pas là ! Qui est-il ? Je veux absolument savoir qui il est ! »

Enfin, exactement trois jours après cette rencontre (la quatrième), nous retrouvons Veltchaninov dans son restaurant, comme nous l'avons décrit, cette fois tout à fait sérieusement inquiet et même assez éperdu. Même en son for intérieur il ne pouvait pas ne pas le reconnaître, malgré toute sa fierté. Il fut finalement contraint de se rendre compte, après avoir confronté toutes les données, que la raison de toute son angoisse, de toute cette angoisse *particulière* et de toutes ses inquiétudes de ces deux semaines n'était rien d'autre que ce monsieur en deuil, « malgré toute sa nullité ».

« Je veux bien être hypocondriaque, pensait Veltchaninov, et donc faire d'une mouche un éléphant, mais est-ce pourtant moins pénible pour moi de savoir que, *peut-être*, tout cela n'est qu'une invention ? En effet si chaque fripon de ce genre est en état de complètement abattre un homme, c'est que c'est... c'est... »

En effet, au cours de la rencontre d'aujourd'hui (la cinquième), qui avait tant troublé Veltchaninov, l'éléphant s'était trouvé être vraiment une mouche ou presque : ce monsieur, comme avant, s'était glissé furtivement à côté de lui, mais cette fois sans regarder Veltchaninov et sans laisser voir, comme auparavant, qu'il le reconnaissait ; mais au contraire après avoir baissé les yeux, il avait semblé ne pas désirer du tout être remarqué. Veltchaninov s'était retourné et lui avait crié à pleine gorge :

— Hé, vous ! Le crêpe au chapeau ! On se cache maintenant ! Arrêtez : qui êtes-vous ?

La question (et tout le cri) avait été vraiment insensée. Mais Veltchaninov s'en était rendu compte seulement après avoir crié. A ce cri, le monsieur s'était retourné, arrêté un instant, éperdu, avait souri, avait failli dire quelque chose, faire quelque chose, l'espace d'un instant il avait été, à l'évidence, dans une indécision des plus terribles et soudain il s'était retourné et avait filé en s'éloignant sans jeter un regard. Veltchaninov l'avait suivi d'un air étonné.

« Eh bien quoi ? songea-t-il, qu'en est-il si en effet ce n'est pas lui mais moi au contraire qui l'importune, et si toute la plaisanterie est là ? »

Après avoir déjeuné, il s'empressa de se rendre à la datcha du fonctionnaire. Il ne le trouva pas ; on lui répondit que « Monsieur n'était pas rentré de la journée et qu'il ne rentrerait sans doute pas avant deux ou trois heures du matin, parce qu'il était resté en ville chez son filleul ». C'était à ce point « vexant » que, dans un premier accès de rage, Veltchaninov eut l'intention de se rendre chez le filleul et c'est là qu'il partit en effet ; mais, après s'être rendu compte en chemin qu'il allait trop loin, il abandonna le fiacre au milieu de la route et se traîna à pied chez lui, vers le Grand Théâtre. Il éprouvait le besoin de faire de l'exercice. Afin de calmer ses nerfs troublés, il fallait coûte que coûte dormir tout son soûl cette nuit, malgré l'insomnie; mais pour s'endormir il fallait au moins être fatigué. De la sorte, il se retrouva chez lui alors qu'il était dix heures et demie, car le chemin était loin d'être court, et il était effectivement fatigué.

L'appartement qu'il avait loué en mars, qu'il méprisait et qu'il dénigrait avec une joie si hargneuse, en se présentant à lui-même des excuses, parce que « tout cela était passager » et qu'il s'était « enlisé » par hasard à Pétersbourg, du fait de ce « maudit procès », cet appartement n'était pas en fait aussi affreux et indécent qu'il voulait bien le dire. Le hall était réellement un peu sombre et « taché », après avoir passé la porte; mais l'appartement lui-même, au premier étage, consistait en deux grandes pièces claires, hautes de plafond, séparées l'une de l'autre par une entrée sombre et donnant ainsi l'une dans la rue, l'autre dans la cour. Un petit bureau destiné à servir de chambre était contigu à celle dont les fenêtres donnaient sur la cour; mais chez Veltchaninov des livres et des papiers y traînaient en désordre; il dormait dans l'une des grandes pièces, celle dont les fenêtres donnaient sur la cour. On lui faisait son lit sur un divan. Il y avait des meubles corrects, bien que fatigués, et il y avait, en outre, certains objets de valeur, restes d'une ancienne aisance : des bibelots en porcelaine et en bronze, de grands tapis de Boukhara véritables; deux tableaux qui n'étaient pas si mauvais avaient même été préservés; mais tout était dans un désordre évident, pas à sa place et même recouvert de poussière, depuis que Pélaguéïa, la jeune fille qui le servait, était partie faire un séjour dans sa famille à Novgorod et l'avait laissé seul. Ce fait étrange d'une fille seule au service d'un homme du monde célibataire, qui souhaitait encore demeurer un gentleman, faisait presque rougir Veltchaninov, bien qu'il fût très satisfait de cette Pélaguéïa. Cette jeune fille était entrée à son service à l'instant même où il avait pris cet appartement au printemps : elle venait de la maison d'une famille qu'il connaissait et qui était partie à l'étranger, et elle faisait le ménage chez lui. Mais avec son départ il ne s'était pas décidé à prendre une autre servante; ce n'était pas la peine d'engager un domestique pour une courte période, et puis il n'aimait pas les domestiques. Les choses s'étaient donc arrangées de telle sorte que la mère Mavra, la concierge, à laquelle il avait laissé des clés, venait tous les matins faire le ménage dans son appartement, et elle ne faisait strictement rien, lui prenait de l'argent et, semble-t-il, le volait. Mais maintenant il se fichait de tout et était même content de rester tout à fait seul chez lui. Mais tout a une limite, et ses nerfs, à certains moments bilieux, n'étaient absolument pas d'accord parfois pour supporter toute cette « saleté », et en rentrant chez lui il pénétrait presque à chaque fois dans son appartement avec répulsion.

Mais cette fois, il s'était à peine donné le temps de se déshabiller, il s'était jeté sur son lit et avait décidé dans son irritation de ne penser à rien et coûte que coûte, « à l'instant même », de s'endormir. Et, chose étrange, il s'endormit à peine sa tête avait-elle effleuré l'oreiller; cela ne lui était pour ainsi dire pas arrivé depuis un mois.

Il dormit environ trois heures, mais d'un sommeil angoissé; il faisait des rêves étranges, des rêves que l'on fait quand on a de la fièvre. Il s'agissait d'un crime qu'il aurait commis et qu'il aurait dissimulé et dont l'accusaient sans cesse d'une seule voix des gens venus d'on ne sait où et qui entraient chez lui. Une foule terrible s'était rassemblée chez lui, mais les gens ne cessaient toujours pas d'entrer, de sorte que la porte n'était plus fermée et restait grande ouverte. Mais tout l'intérêt s'était finalement concentré sur un homme étrange, qui lui avait été autrefois très proche et qu'il avait bien connu, qui était mort déjà, et qui maintenant était, on ne sait pourquoi, entré chez lui. Le plus douloureux était que Veltchaninov ne savait de qui il s'agissait, il avait oublié son nom et ne pouvait en aucune façon se le rappeler; il savait seulement qu'il l'avait autrefois beaucoup aimé. De cet homme il semblait que tous les gens qui étaient entrés attendaient un mot essentiel : soit d'accusation, soit de justification de Veltchaninov, et tous étaient impatients. Il était assis immobile derrière une table, il se taisait et ne voulait pas parler. Le bruit ne cessait pas, l'irritation croissait, et soudain Veltchaninov, enragé, frappa cet homme parce qu'il ne voulait pas parler et il en ressentit une étrange jouissance. Par ce geste son cœur se glaça de terreur et de souffrance, mais c'est dans cette façon dont il se glaçait que résidait la jouissance. Complètement furieux, il frappa une deuxième fois, puis une troisième, et dans une sorte d'ivresse de rage et de peur, qui allait jusqu'à la folie, mais où se trouvait aussi une jouissance infinie, il ne comptait plus ses coups et frappait sans s'arrêter. Il voulait détruire tout, tout *cela*. Soudain il se passa quelque chose : tous crièrent épouvantés et se retournèrent vers la porte dans l'attente de quelque chose, et à cet instant retentirent trois coups sonores de clochette, mais avec une telle force qu'on semblait vouloir l'arracher de la porte. Veltchaninov se réveilla, ouvrit les yeux en un instant, bondit de son lit pour se précipiter à toutes jambes vers la porte; il était absolument convaincu que le coup de clochette n'était pas un rêve mais que quelqu'un avait réellement sonné chez lui à cet instant. « Ce serait trop contraire à la nature si un son aussi clair, aussi réel, aussi palpable n'était qu'un rêve! »

Mais, à sa surprise, le coup de sonnette aussi était un rêve. Il ouvrit la porte et sortit dans l'entrée, jeta même un coup d'œil dans l'escalier : il n'y avait absolument personne. La clochette était suspendue immobile. Sorti de sa surprise, mais satisfait, il retourna dans sa chambre. En allumant une chandelle, il se rappela qu'il avait seulement claqué la porte, et qu'elle n'était pas fermée à clé et au verrou. Auparavant aussi, quand il rentrait chez lui, il oubliait souvent de fermer à clé sa porte pour la nuit, n'y accordant aucune importance particulière. Pélaguéïa lui en avait plusieurs fois fait le reproche. Il retourna dans l'entrée pour fermer la porte à clé, l'ouvrit une fois encore, regarda dans l'entrée et baissa seulement le loquet, mais il eut malgré tout la paresse de tourner la clé. La pendule sonna trois heures et demie ; par conséquent il avait dormi trois heures.

Le rêve l'avait tellement inquiété qu'il n'avait plus envie de se recoucher dans l'immédiat et qu'il décida de marcher une demi-heure dans la pièce, « le temps de fumer un cigare ». S'étant habillé à la hâte, il s'approcha de la fenêtre, souleva le gros rideau en damas, puis le store blanc. Dehors il faisait déjà tout à fait clair. Les claires nuits d'été de Pétersbourg provoquaient toujours en lui une irritation nerveuse et ces derniers temps elles ne faisaient que favoriser son insomnie, de sorte qu'environ deux semaines auparavant il avait fait exprès installer sur ses fenêtres ces épais rideaux en damas qui ne laissaient pas filtrer la lumière quand on les descendait complètement. Ayant laissé pénétrer la lumière et ayant oublié la bougie sur la table, il se mit à faire les cent pas, toujours avec un sentiment pesant et maladif. L'impression produite par le rêve continuait d'agir. La souffrance sérieuse d'avoir pu lever la main contre cet homme et le frapper demeurait en lui.

— Mais c'est que cet homme-là n'existe pas et n'a jamais existé, tout n'est qu'un rêve, pourquoi suis-je en train de geindre ?

Comme si tous ses soucis étaient réunis là, il se mit à penser avec acharnement que décidément il devenait malade, il devenait « un homme malade ».

Il lui avait toujours été pénible de reconnaître qu'il vieillissait ou qu'il s'étiolait, et dans les pires moments sa hargne lui faisait exagérer cela, exprès, afin de se harceler.

— De la vieillerie ! Je vieillis pour de bon, grommelait-il en marchant, je perds la mémoire, je vois des fantômes, je fais des rêves, les clochettes se mettent à sonner... Que le diable l'emporte ! Je sais par expérience que la fièvre est toujours chez moi la cause de rêves semblables... Je suis persuadé que toute cette « histoire » avec le crêpe est peut-être un rêve, elle aussi.

J'ai décidément vu juste hier : c'est moi, oui c'est moi qui l'importune, et non pas lui ! J'en ai fait un roman, mais lui-même s'est caché sous la table par peur. Et pourquoi est-ce que je le traite de canaille ? C'est peut-être un parfait honnête homme. Son visage, il est vrai, est déplaisant, bien qu'il ne soit pas particulièrement laid ; il est habillé comme tout le monde. Il n'y a que ce regard... Voilà que je recommence ! Voilà que je remets ça ! Et qu'est-ce que son regard peut bien me faire ? Je ne peux donc pas vivre sans ce... pendard ?

Parmi les idées qui se pressaient dans sa tête, l'une d'elles l'avait douloureusement blessé également : il avait eu soudain la conviction que ce monsieur au crêpe avait été autrefois un ami et que maintenant, lorsqu'il le rencontrait, il se moquait de lui, parce qu'il savait un de ses anciens grands secrets et qu'il le voyait maintenant dans une position aussi humiliante. Il s'approcha machinalement de la fenêtre pour l'ouvrir et respirer l'air de la nuit, et... et soudain il tressaillit de tout son corps : il lui sembla que devant lui s'était subitement accompli quelque chose d'inouï et d'extraordinaire.

Il n'avait pas encore eu le temps d'ouvrir la fenêtre, qu'il s'en était écarté pour se dissimuler : sur le trottoir désert d'en face, il avait soudain aperçu, juste devant la maison, le monsieur avec le crêpe au chapeau. Ce monsieur était debout sur le trottoir, le visage tourné vers les fenêtres, mais, visiblement, il ne l'avait pas remarqué et, chose curieuse, il paraissait avoir quelque idée en tête en examinant la maison. Il semblait réfléchir et paraissait se décider à agir ; il leva la main et sembla poser un doigt sur son front. Enfin, il se décida : il regarda furtivement autour de lui et, sur la pointe des pieds, en tapinois, il traversa précipitamment la rue. C'était bien cela : il passa le porche, entra par le portillon (qui parfois en été n'était pas cadenassé jusqu'à trois heures). « Il va chez moi », lui vint-il brusquement à l'esprit ; et soudain, à toutes jambes et sur la pointe des pieds, il courut dans l'entrée vers la porte et il se figea devant elle dans une attente silencieuse, en effleurant à peine de sa main droite qui tremblait le loquet de la porte qu'il avait baissé tout à l'heure et en tendant de toutes ses forces l'oreille pour percevoir le bruit des pas qu'il attendait dans l'escalier.

Son cœur battait au point qu'il avait peur d'écouter le bruit que ferait l'inconnu quand il monterait sur la pointe des pieds. Sans comprendre pourquoi, il ressentait tout avec une plénitude décuplée. Comme si le rêve de tout à l'heure se fondait dans la réalité. Veltchaninov était téméraire de nature. Il aimait à pousser jusqu'à une certaine coquetterie son absence de peur dans l'attente d'un danger, même si personne ne le regardait, s'admirant seulement lui-même. Mais maintenant il y avait quelque chose d'autre encore. L'hypocondriaque et le geignard méfiant de tout à l'heure s'était complètement transformé ; il n'était plus du tout le même homme. Un rire nerveux, silencieux s'arracha de sa poitrine. Derrière la porte fermée à clé il devinait chacun des mouvements de l'inconnu.

« Ah ! Le voici qui monte, il est là, il regarde autour de lui, il écoute ce qui se passe en bas de l'escalier ; il respire à peine, il avance à pas de loup... Ah ! Il a saisi la poignée, il la tire, il fait une tentative ! Il s'attendait que mon appartement ne soit pas fermé à clé ! Il savait donc que j'oublie parfois de fermer à clé ! Il tire de nouveau la poignée ; qu'est-ce qu'il croit, que le loquet va sauter ? Dommage de renoncer ! Dommage de repartir bredouille ! »

Et effectivement tout devait sans doute se passer de la façon dont il se l'imaginait : quelqu'un était effectivement debout derrière la porte et doucement, de façon inaudible, essayait la serrure et tirait la poignée et « il avait donc un but bien sûr ». Mais Veltchaninov avait déjà préparé la solution du problème, et il attendait avec une certaine exaltation le bon moment, il cherchait un moyen et il prenait des mesures : il avait une envie irrésistible de tourner le loquet, d'ouvrir soudain la porte en grand et de se retrouver nez à nez avec cet « épouvantail ». « Et que faites-vous donc ici, cher monsieur ? »

C'est ce qui se produisit ; ayant choisi le bon moment, il souleva soudain le loquet, tira la porte et faillit se heurter au monsieur avec le crêpe au chapeau.

3

PAVEL PAVLOVITCH TROUSSOTSKI

Celui-ci sembla se pétrifier sur place. Tous les deux se tenaient l'un en face de l'autre, sur le seuil, et tous les deux se regardaient dans les yeux. Quelques instants passèrent ainsi, et soudain, Veltchaninov reconnut son visiteur!

Au même moment le visiteur aussi avait visiblement compris que Veltchaninov l'avait tout à fait reconnu : il y eut un éclair dans son regard. Et en un instant tout son visage sembla se fondre en un sourire des plus suaves.

— J'ai sans doute le plaisir de parler à Alexéï Ivanovitch? chanta-t-il quasiment d'une voix doucereuse qui ne correspondait pas aux circonstances, au point d'en devenir comique.

— Est-il donc possible que vous soyez Pavel Pavlovitch Troussotski? dit enfin Veltchaninov avec un air atterré.

— Nous nous sommes connus il y a environ neuf ans à T., et si vous me permettez de vous le rappeler, nous avions des liens d'amitié.

— Oui... admettons... mais, maintenant il est trois heures et durant dix bonnes minutes vous avez essayé de voir si mon appartement était fermé à clé ou pas...

— Trois heures! s'écria le visiteur, en tirant sa montre et en prenant même un air surpris et chagrin; c'est exact : trois heures! Excusez-moi, Alexéï Ivanovitch, j'aurais dû m'en rendre compte en entrant; je suis même honteux. Je passerai dans quelques jours pour m'expliquer, mais maintenant...

— Eh non! S'il faut s'expliquer, ne vaut-il mieux pas le faire tout de suite! reprit Veltchaninov. Je vous en prie, passez le seuil, entrez dans l'appartement. Vous aviez bien entendu l'intention d'entrer dans l'appartement, n'est-ce pas, et vous n'êtes pas seulement venu cette nuit pour forcer les serrures...

Il était troublé et comme pantois en même temps; il sentait qu'il ne pouvait rassembler ses esprits. Il en eut même honte : plus de mystère, plus de danger, il ne restait plus rien de toute la fantasmagorie; seule était apparue la figure stupide d'un certain

Pavel Pavlovitch. Mais d'ailleurs il ne pouvait vraiment pas croire que les choses fussent aussi simples ; il pressentait quelque chose de façon trouble et il avait des craintes. Après avoir offert au visiteur un fauteuil, il s'assit avec exaspération sur son lit, à un pas du fauteuil, se pencha légèrement, appuya la paume de ses mains sur les genoux et attendit avec irritation que l'autre se mette à parler. Il l'examinait avidement et se souvenait. Mais chose étrange : l'autre se taisait, sans du tout comprendre, semble-t-il, qu'il « se devait » de parler sans tarder ; au contraire, il regardait le maître de céans comme s'il attendait lui-même quelque chose de ce regard. Il était possible qu'il fût tout simplement timide, éprouvant pour la première fois quelque gêne, comme une souris dans une souricière ; mais Veltchaninov éclata en fureur.

— Eh bien quoi ! s'écria-t-il. Vous n'êtes pas en effet une invention ou un rêve, je pense ! Vous avez décidé de jouer au mort ou quoi ? Expliquez-vous, mon vieux !

Le visiteur tressaillit, sourit et commença prudemment :

— D'après ce que je vois, vous êtes surtout frappé par le fait que je sois venu à une heure pareille et dans des circonstances semblables... De sorte que, en me remémorant tout le passé et la façon dont nous nous sommes quittés, même maintenant cela reste étrange pour moi... Et d'ailleurs, je n'avais même pas l'intention de passer, et s'il en est ainsi, c'est par hasard...

— Comment, par hasard ! Je vous ai vu par la fenêtre courir sur la pointe des pieds en traversant la rue !

— Ah, vous l'avez vu ! Ah bien, alors en savez-vous sans doute plus que moi là-dessus ! Mais je ne fais que vous irriter... Voici ce qu'il en est : je suis venu ici il y a trois semaines environ, pour mes affaires... Je suis en effet Pavel Pavlovitch Troussotski, vous m'avez en effet reconnu vous-même. Il s'agit pour moi de faire des démarches afin d'être muté dans un autre département et dans un autre service, à un poste comportant un avancement important... Mais d'ailleurs, il ne s'agit pas de cela non plus !... L'essentiel, voyez-vous, est que je traîne ici depuis trois semaines déjà et il me semble que je fais durer exprès cette affaire de mutation, et quand bien même elle s'arrangerait, à vrai dire, il se pourrait bien que j'oublie moi-même qu'elle s'est arrangée et que je ne parte pas de votre Pétersbourg, dans l'état où je suis. Je traîne, comme si j'avais perdu mon but et comme si je me réjouissais de l'avoir perdu, dans mon état...

— Dans quel état ? dit Veltchaninov en se renfrognant.

Le visiteur leva vers lui les yeux, souleva son chapeau et, avec une ferme dignité cette fois, montra le crêpe.

— Voici dans quel état !

Veltchaninov regarda bêtement le crêpe, puis le visage du visiteur. Une rougeur couvrit soudain ses joues, et il fut terriblement troublé.

— Est-il possible que Natalia Vassiliévna !

— Oui ! Natalia Vassiliévna ! Au mois de mars dernier... La phtisie et brusquement pour ainsi dire, en quelque deux ou trois mois ! Et moi je suis resté, comme vous le voyez !

Ayant dit cela, le visiteur écarta les bras avec emphase, en tenant en l'air dans la main gauche son chapeau au crêpe, et il baissa profondément sa tête chauve, une bonne dizaine de secondes.

Cette allure et ce geste semblèrent soudain ragaillardir Veltchaninov ; un sourire moqueur et même provocateur glissa sur ses lèvres, mais ne dura qu'un instant pour le moment : la nouvelle de la mort de cette dame (qu'il connaissait depuis si longtemps et que depuis si longtemps il avait réussi à oublier) avait maintenant produit sur lui une impression étonnamment forte.

— Est-ce possible ! Il ne put que marmonner les premiers mots qui arrivaient sur sa langue. Et pourquoi n'êtes-vous donc pas passé directement me l'annoncer ?

— Je vous remercie de votre sympathie, je la constate et je l'apprécie, malgré...

— Malgré ?

— Malgré ces longues années de séparation, vous vous êtes comporté vis-à-vis de mon chagrin, et même vis-à-vis de moi, avec une sympathie si complète que j'en éprouve de la reconnaissance, bien sûr. C'est la seule chose que je voulais vous dire. Non que j'aie douté de mes amis, ici aussi, même maintenant, je peux retrouver mes amis les plus sincères (ne serait-ce que Stépane Mikhaïlovitch Bagaoutov), mais c'est que depuis que nous avons fait connaissance, Alexéï Ivanovitch (je dirais plutôt depuis que nous nous sommes liés d'amitié, car c'est avec reconnaissance que je m'en souviens), neuf années se sont écoulées, vous n'êtes pas revenu nous voir, il n'y a pas eu de lettres de part et d'autre...

Le visiteur chantait, comme en suivant une partition, mais pendant tout le temps où il s'expliqua il regarda par terre, bien qu'il vît tout, bien entendu, le regard dirigé vers le haut. Mais le maître de céans avait eu le temps de reprendre ses esprits.

Avec une impression fort étrange, qui ne cessait de se renforcer, il portait son attention sur Pavel Pavlovitch en fixant sur lui son regard, et soudain, quand celui-ci marqua une pause, les pensées les plus bariolées et les plus surprenantes affluèrent de manière inopinée dans sa tête.

— Mais pourquoi ne vous avais-je pas reconnu jusqu'à présent ? s'écria-t-il en s'animant. Nous nous sommes bien rencontrés cinq fois en effet !

— Oui, je me le rappelle aussi ; vous êtes toujours tombé sur moi, une ou deux fois, même trois sans doute...

— Vous voulez dire que c'est *vous* qui êtes *toujours* tombé sur moi, et non le contraire !

Veltchaninov se leva et se mit soudain à rire bruyamment de façon inattendue. Pavel Pavlovitch s'interrompit, le regarda attentivement, mais reprit immédiatement.

— Si vous ne m'avez pas reconnu, c'est que premièrement vous avez pu m'oublier, n'est-ce pas, et qu'enfin, entre-temps, j'ai eu la petite vérole qui m'a laissé quelques traces sur le visage.

— La petite vérole ? Mais oui, en effet il a eu la petite vérole ! Mais comment avez-vous eu...

— La malchance ? Vous savez, il en arrive des choses, Alexéï Ivanovitch ; on a de la malchance parfois !

— Seulement c'est tout de même terriblement drôle. Bon, poursuivez, poursuivez, mon cher ami !

— Bien que je vous aie aussi rencontré...

— Halte-là ! Pourquoi venez-vous de dire « la malchance » ? Je voulais m'exprimer beaucoup plus poliment. Bon, poursuivez, poursuivez !

On ne sait pourquoi il devenait de plus en plus gai. L'impression de trouble avait complètement laissé la place à une autre. Il arpentait rapidement la pièce.

— Bien que je vous aie déjà rencontré, j'avais absolument l'intention en me rendant ici, à Pétersbourg, de vous retrouver, mais, je le répète, je suis maintenant dans un tel état d'esprit... et je suis si abattu mentalement depuis le mois de mars...

— Ah bon ! Depuis le mois de mars vous êtes abattu... Attendez, vous ne fumez pas ?

— C'est que, vous savez, du vivant de Natalia Vassiliévna...

— Oui bon, bon ; et depuis le mois de mars ?

— Une petite cigarette parfois.

— Voici une cigarette ; fumez, et poursuivez ! Poursuivez, vous m'êtes terriblement...

Et, après avoir allumé un cigare, Veltchaninov se hâta de reprendre place sur le lit. Pavel Pavlovitch marqua une pause.

— Mais, vous-même, cependant, dans quelle agitation vous trouvez-vous ? Êtes-vous en bonne santé ?

— Oh, au diable ma santé ! dit soudain en fureur Veltchaninov. Poursuivez !

De son côté le visiteur, qui voyait le trouble du maître de céans, devenait de plus en plus satisfait et de plus en plus sûr de lui.

— Mais à quoi bon poursuivre ? reprit-il. Imaginez, Alexéï Ivanovitch, premièrement, un homme abattu, c'est-à-dire pas simplement abattu, mais, si l'on peut dire, radicalement abattu ; un homme qui, après vingt années de vie conjugale, change sa vie et erre dans les rues poussiéreuses, sans but convenable, comme dans la steppe, presque amnésique, trouvant même un certain charme dans cette amnésie. Il est naturel qu'après avoir de temps en temps rencontré une connaissance ou même un véritable ami je fasse en sorte de ne pas l'approcher à un moment pareil, je veux dire à un moment d'amnésie. Et à d'autres moments, on a tellement envie de tout se rappeler, on a une telle soif de voir au moins un témoin, quelqu'un qui a pris part à ce passé proche malgré tout, mais irréversible ; et à cause de cela le cœur bat si violemment que ce n'est pas seulement dans la journée mais la nuit aussi qu'on prend le risque de se jeter dans les bras d'un ami, bien qu'il faille pour cela le réveiller exprès à trois heures passées. Je me suis seulement trompé d'heure, pas d'amitié ; car à la minute présente je suis par trop récompensé. A propos de l'heure, il est vrai, je pensais qu'il était seulement près de minuit, à cause de cette humeur où je me trouve. On se repaît de sa propre tristesse et on s'en grise, semble-t-il. Et ce n'est même pas de la tristesse, mais justement ce nouvel état qui bat en moi...

— Sapristi ! Comment vous vous exprimez ! remarqua sombrement Veltchaninov, devenu soudain terriblement sérieux.

— Eh bien oui, je m'exprime étrangement...

— Mais vous... vous ne plaisantez pas ?

— Plaisanter, moi ! s'écria Pavel Pavlovitch avec une perplexité douloureuse, et au moment où je vous annonce...

— Ah, laissez cela de côté, je vous en prie !

Veltchaninov se leva et se remit à arpenter la pièce.

Près de cinq minutes passèrent ainsi. Le visiteur aurait voulu se lever lui aussi, mais Veltchaninov cria : « Restez assis, restez assis ! » et, obéissant, il s'enfonça dans le fauteuil.

— Mais tout de même, comme vous avez changé ! répéta Veltchaninov en s'arrêtant soudain devant lui, comme brusquement frappé par cette idée. Vous avez terriblement changé ! Extrêmement ! Un homme tout à fait différent !

— Ce n'est pas étonnant ; il y a neuf ans, n'est-ce pas ?

— Non, non, non, ce n'est pas une question d'âge ! Extérieurement, certes, Dieu sait à quel point vous avez changé ; mais c'est autre chose qui a changé en vous !

— C'est aussi, peut-être, ces neuf années.

— Ou bien depuis le mois de mars !

— Hé ! hé ! ricana avec malignité Pavel Pavlovitch, vous avez une idée amusante... Mais, si je puis me permettre, en quoi y a-t-il un changement ?

— Comment en quoi ? Avant il y avait un Pavel Pavlovitch solide et comme il faut, un Pavel Pavlovitch spirituel et maintenant on a un Pavel Pavlovitch qui est un vrai *vaurien* * !

Il se trouvait à ce degré d'irritation auquel même les gens les plus retenus commencent parfois à en dire trop.

— Un *vaurien** ! Vous trouvez ? Quant au Pavel Pavlovitch spirituel c'est fini ? Fini, dites-vous ? répétait Pavel Pavlovitch en ricanant avec délices.

— Peu importe, que diable, ce Pavel Pavlovitch spirituel ! Maintenant aussi, bien entendu, vous êtes plein d'*esprit*.

« Je suis insolent, mais cette canaille est encore plus insolente ! Mais... mais quel but a-t-il donc ? » ne cessait de penser Veltchaninov.

— Ah, mon très cher, ah, mon inestimable Alexéï Ivanovitch ! dit soudain le visiteur troublé qui se trémoussait dans son fauteuil. Que nous faut-il, en fait ? En fait maintenant nous ne sommes pas dans le monde, nous ne sommes pas dans une brillante société du grand monde ! Nous sommes deux amis très sincères et très anciens et, si l'on peut dire, nous nous sommes rencontrés de façon complètement sincère et nous nous rappelons l'un à l'autre ce lien précieux grâce auquel la défunte avait constitué un maillon si précieux de notre amitié ! Il semblait à ce point entraîné par l'enthousiasme de ses sentiments qu'il baissa la tête, comme tout à l'heure, et cacha cette fois son visage avec son chapeau. Veltchaninov l'examinait avec répulsion et inquiétude.

« Ne serait-il pas tout simplement un bouffon ? lui vint-il à l'esprit. Mais non, mais non ! Il ne me semble pas ivre, d'ailleurs peut-être est-il ivre ; il a le visage rouge. Et même s'il est ivre, cela revient au même. Qu'est-ce qu'il me veut ? Que cherche cette canaille ? »

— Vous vous souvenez, vous vous souvenez, cria Pavel Pavlovitch, en soulevant un petit peu son chapeau et en se laissant de plus en plus intensément emporter par ses souvenirs, vous vous souvenez de nos excursions à la campagne, de nos veillées, de nos soirées où nous dansions et où nous faisions des jeux innocents chez Son Excellence le très accueillant Sémione Sémionovitch ? Et nos soirées de lectures à trois ! Et notre première rencontre ! Vous êtes venu me voir un matin pour vous renseigner sur votre affaire, vous vous êtes même mis à crier ; et soudain Natalia Vassiliévna est arrivée et vous êtes devenu notre ami très sincère pour rester chez nous durant une année exacte-

* En français dans le texte.

ment, n'est-ce pas absolument comme dans « La Provinciale », la pièce de monsieur Tourgueniev[1] ?...

Veltchaninov arpentait lentement la pièce, les yeux fixés à terre, il écoutait avec impatience et répulsion, mais il écoutait intensément.

— Je n'aurais pas songé à « La Provinciale », dit-il en l'interrompant, un peu désemparé, et jamais autrefois vous n'auriez parlé en piaillant de la sorte et de... ce n'est pas votre style. A quoi bon ?

— En effet, avant je me taisais plus, je veux dire que j'étais plus silencieux, reprit bien vite Pavel Pavlovitch ; vous savez, avant je préférais écouter ce que disait la défunte. Vous vous rappelez comment elle conversait, avec quel esprit... Et en ce qui concerne « La Provinciale » et spécialement en ce qui concerne Stoupendiev, là aussi vous avez raison, parce que nous-mêmes ensuite, avec l'inestimable défunte, à certains instants de tranquillité où nous nous souvenions de vous, alors que vous étiez déjà parti, nous identifiions cette pièce de théâtre à notre première rencontre... parce que, en effet, il y avait quelque similitude. Et spécialement en ce qui concerne Stoupendiev...

— Mais que vient faire ici Stoupendiev ? Que le diable l'emporte ! s'écria Veltchaninov, en frappant même du pied par terre, alors complètement troublé au mot « Stoupendiev » à cause d'un souvenir inquiet qui surgit en lui en entendant ce mot.

— Mais Stoupendiev, c'est un rôle, un rôle de théâtre, le rôle du mari dans la pièce « La Provinciale » ! piaula d'une petite voix mielleuse Pavel Pavlovitch ; mais cela a trait à une autre catégorie de nos chers et merveilleux souvenirs, après votre départ cette fois, quand Stépane Mikhaïlovitch Bagaoutov nous a gratifiés de son amitié, exactement comme vous, et cette fois pour cinq bonnes années.

— Bagaoutov ? Qu'est-ce que c'est ? Quel Bagaoutov ? dit Veltchaninov en s'arrêtant soudain comme cloué sur place.

— Bagaoutov, Stépane Mikhaïlovitch, qui nous a gratifiés de son amitié exactement une année après vous et... exactement comme vous.

— Ah, mon Dieu, mais je vois ! cria Veltchaninov après avoir enfin compris. Bagaoutov ! Mais il travaillait avec vous...

— Mais oui, mais oui ! Chez le gouverneur ! Un jeune homme très élégant de Pétersbourg, de la plus haute société ! cria Pavel Pavlovitch avec un enthousiasme sans bornes.

1. « La Provinciale », comédie en un acte de Tourgueniev, publiée en 1851, met en scène la jeune femme d'un fonctionnaire de province, Stoupendiev, qui séduit le comte Lioubine, un fat de la capitale.

— Oui, oui, oui ! Mais bien sûr ! En effet lui aussi...

— Et lui aussi, lui aussi ! réitéra avec le même enthousiasme Pavel Pavlovitch, en saisissant le mot imprudent du maître de céans, lui aussi ! Et c'est alors que nous avons joué « La Provinciale », dans notre théâtre domestique, chez Son Excellence le très accueillant Sémione Sémionovitch ; Stépane Mikhaïlovitch jouait le comte, moi le mari et la défunte la provinciale, mais toutefois on m'a retiré le rôle du mari sur l'injonction de la défunte, de sorte que je n'ai pas joué le mari, de par mon incapacité, semble-t-il...

— Mais que le diable emporte ce Stoupendiev ! Vous êtes avant tout Pavel Pavlovitch Troussotski, pas Stoupendiev ! dit Veltchaninov grossièrement, sans se gêner et en tremblant presque d'irritation. Seulement, permettez : ce Bagaoutov est ici, à Pétersbourg ; je l'ai vu moi-même, je l'ai vu au printemps ! Pourquoi n'allez-vous pas également le voir ?

— J'y vais chaque jour que Dieu fait, depuis trois semaines. On ne me reçoit pas ! Il est malade, il ne peut pas recevoir ! Et figurez-vous que j'ai appris des meilleures sources qu'il était en effet extrêmement gravement malade ! Un ami pareil, de six années ! Ah ! Alexéï Ivanovitch, je vous le dis et vous le répète, dans une telle humeur on souhaite parfois disparaître sous terre, c'est bien vrai ; mais d'autres fois j'ai comme envie de prendre et d'embrasser précisément l'un de ces anciens témoins, de ces anciens complices, si je puis dire, et à seule et unique fin de pleurer, je veux dire pour rien de plus, seulement pour pleurer !...

— Bon, tout de même, ça suffit pour vous aujourd'hui, non ? dit brutalement Veltchaninov.

— Oui vraiment ça suffit, ça suffit ! dit Pavel Pavlovitch qui se leva immédiatement de sa place. Il est quatre heures et, surtout, je vous ai importuné de façon si égoïste...

— Bon, écoutez : je passerai moi-même chez vous, sans faute, et alors j'espère... Dites-moi franchement, dites-moi sincèrement : vous n'êtes pas ivre aujourd'hui ?

— Ivre ? Pas le moins du monde...

— Vous n'avez pas bu avant de venir ou plus tôt ?

— Vous savez, Alexéï Ivanovitch, vous avez vraiment de la fièvre.

— Je passerai demain, demain matin, avant une heure...

— Je remarque depuis un certain temps que vous délirez presque, dit en l'interrompant avec délectation et en insistant sur ce sujet Pavel Pavlovitch. Oui, j'ai vraiment mauvaise conscience d'avoir, du fait de ma maladresse... mais j'y vais, j'y vais ! Quant à vous, couchez-vous et dormez !

— Mais vous ne m'avez pas dit où vous habitiez ! s'avisa Veltchaninov qui cria derrière lui.

— Comment, je ne vous l'ai pas dit ? A l'hôtel Pokrovski...
— Qu'est-ce que c'est que cet hôtel Pokrovski ?
— Tout près de l'église de Pokrov, dans une ruelle par là-bas, voilà que j'ai oublié dans quelle ruelle, et j'ai oublié le numéro, mais c'est tout près de l'église...
— Je trouverai !
— Mon cher ami, vous serez le bienvenu.
Il sortait déjà dans l'escalier.
— Halte-là ! cria de nouveau Veltchaninov. Vous ne ficherez pas le camp ?
— Comment ça, « ficher le camp » ? dit Pavel Pavlovitch en écarquillant les yeux ; il se retourna et sourit depuis la troisième marche.
A la place de réponse Veltchaninov claqua bruyamment la porte, la ferma soigneusement à clé et baissa le loquet dans le mentonnet. Une fois revenu dans la pièce, il cracha comme s'il voulait salir quelque chose.
Après être resté debout cinq minutes au milieu de la pièce, il se jeta sur le lit, sans se déshabiller cette fois, et s'endormit aussitôt. La bougie oubliée sur la table acheva de se consumer.

4

LA FEMME, LE MARI ET L'AMANT

Il dormit à poings fermés et se réveilla exactement à neuf heures et demie; en un clin d'œil il se souleva, s'assit sur le lit et se mit à penser à la mort de « cette femme ».

L'impression saisissante de la veille à l'annonce si inattendue de cette mort avait laissé en lui un certain trouble et même quelque douleur. Ce trouble et cette douleur n'avaient été étouffés en lui que le temps d'une idée étrange la veille, lorsque Pavel Pavlovitch était là. Mais maintenant, à son réveil, tout ce qui s'était passé il y a neuf ans se présentait à lui dans une extrême clarté.

Cette femme, la défunte Natalia Vassiliévna, l'épouse de « ce Troussotski », il l'avait aimée et avait été son amant, alors que pour ses affaires (et également à cause d'un procès au sujet d'un héritage) il était resté à T. toute une année, bien qu'en fait l'affaire n'exigeât pas une aussi longue présence; la véritable raison était cette liaison. Cette liaison et cet amour avaient eu une telle emprise sur lui, qu'il avait vécu comme en esclavage auprès de Natalia Vassiliévna et il aurait pu, sans doute, se résoudre à faire les choses les plus monstrueuses et les plus insensées si le moindre caprice de cette femme l'avait exigé. Ni avant ni après il n'avait rien connu de semblable. A la fin de l'année, alors que la séparation était imminente, Veltchaninov était dans un tel désespoir à l'approche de l'échéance fatale, bien que cette séparation fût prévue pour un temps très bref, qu'il avait proposé à Natalia Vassiliévna de l'enlever, de la ravir à son mari, de tout abandonner et de partir avec elle à l'étranger pour toujours. Seules les moqueries et la fermeté inébranlable de cette dame (qui avait tout à fait approuvé le projet au début, mais, sans doute, seulement par ennui ou pour s'amuser) purent l'arrêter et le forcer à partir seul. Et alors? Deux mois ne s'étaient pas écoulés après leur séparation, qu'il se posait déjà la question à Pétersbourg, laquelle resta à jamais sans réponse pour lui : avait-il réellement aimé cette femme ou bien tout cela n'était-il qu'une « hallucination »? Et ce n'était pas du tout par légèreté ou bien sous l'influence d'une nouvelle passion naissante que cette question lui était venue à l'esprit : durant ces deux premiers mois à Pétersbourg il était resté dans une sorte de rage et il aurait eu du mal à remarquer la moindre femme, bien qu'il se fût immédiatement retrouvé dans la société qu'il avait connue auparavant et qu'il ait pu rencontrer une centaine de femmes. Il savait d'ailleurs parfaitement bien que s'il se retrouvait maintenant de nouveau à T. il tomberait immédiatement sous le charme écrasant de cette femme, malgré toutes les questions qui lui venaient à l'esprit. Même cinq ans plus tard il en était toujours persuadé. Mais cinq ans plus tard il se l'avouait avec indignation et se souvenait même de « cette femme » avec haine. Il avait honte de cette année passée à T., il ne pouvait comprendre même comment il avait pu connaître une passion aussi « stupide », lui, Veltchaninov ! Tous les souvenirs de cette passion se transformèrent pour lui en honte ; il rougissait jusqu'aux larmes et était torturé par les remords. Il est vrai que quelques années plus tard encore il avait réussi à se calmer un peu ; il avait essayé d'oublier tout cela, et y avait presque réussi. Et voilà que soudain, neuf ans après, tout cela ressuscitait brusquement et étrangement devant lui après l'annonce faite, la veille au soir, de la mort de Natalia Vassiliévna.

Maintenant, assis sur son lit, avec les idées troubles qui se bousculaient en désordre dans sa tête, il ne sentait et n'avait clairement conscience que d'une seule chose : malgré « l'impression saisissante » de la veille en apprenant cette nouvelle, il était très serein par rapport à cette mort. « Est-il possible que je ne la regrette pas ? » se demandait-il. Il est vrai qu'il ne ressentait plus maintenant de haine à son égard et pouvait la juger avec plus d'impartialité, plus d'équité. D'après son opinion, forgée depuis déjà longtemps d'ailleurs au cours de ces neuf années de séparation, Natalia Vassiliévna était du nombre des dames de province les plus ordinaires de la « bonne » société provinciale, et, « qui sait, peut-être était-ce ainsi, et suis-je le seul à en avoir fait une telle fable ! ». D'ailleurs, il avait toujours soupçonné que dans cette opinion il pouvait y avoir aussi une erreur ; cela aussi il le ressentait maintenant. Et les faits le contredisaient ; ce Bagaoutov avait eu lui aussi pendant quelques années une liaison avec elle et avait, semble-t-il, été lui aussi « totalement sous son charme ». Bagaoutov était véritablement un jeune homme de la meilleure société pétersbourgeoise et comme il s'agissait d'un « homme complètement creux » (c'est ce que disait de lui Veltchaninov), il ne pouvait donc faire carrière qu'à Pétersbourg. Mais voilà, il avait malgré tout dédaigné Pétersbourg, autrement dit son intérêt le plus essentiel, et avait perdu cinq années à T., uniquement pour cette femme ! Et puis il était finalement revenu à Pétersbourg, seulement peut-être parce qu'on l'avait rejeté comme « une vieille chaussure élimée ». Il y avait donc quand même quelque chose en cette femme d'extraordinaire, un don pour attirer, soumettre et dominer !

Et cependant elle n'avait pas, semble-t-il, les moyens d'attirer et de soumettre : « Elle n'était même pas très belle de sa personne, et, peut-être, pas belle du tout. » Veltchaninov l'avait rencontrée alors qu'elle avait déjà vingt-huit ans. Son visage qui n'était pas tout à fait beau pouvait parfois s'animer agréablement, mais ses yeux n'étaient pas beaux : il y avait une dureté superflue dans son regard. Elle était très maigre. Sa formation intellectuelle était faible ; elle avait un esprit indiscutable et pénétrant, mais presque toujours borné. Des manières de femme du monde de province et en outre, il est vrai, beaucoup de tact ; un goût exquis, mais principalement et uniquement dans la façon de s'habiller. Un caractère résolu et dominateur ; de demi-conciliations avec elle, il n'en était pas question : « Tout ou rien. » Dans les affaires épineuses, étonnamment ferme et inébranlable. Un don de grandeur d'âme et presque toujours en même temps une injustice incommensurable. Discuter avec cette dame était impossible : deux fois deux n'avait jamais rien signifié pour elle. Jamais elle ne se considérait en quoi que ce soit comme injuste ou coupable. Les infidélités constantes et innombrables à son mari ne gênaient en rien sa conscience morale. Par rapport à Veltchaninov lui-même, elle était comme une « mère de Dieu des flagellants [1] » qui au plus haut point croit qu'elle est effectivement la mère de Dieu — et Natalia Vassiliévna croyait au plus haut point en chacun de ses actes. Elle était fidèle à son amant — mais seulement jusqu'au moment où il l'ennuyait trop. Elle aimait faire souffrir son amant, mais elle aimait aussi le récompenser. C'était un caractère passionné, cruel et sensuel. Elle haïssait la débauche, la condamnait avec un acharnement incroyable — et était elle-même débauchée. Aucun fait n'aurait jamais pu l'amener à la conscience de sa propre débauche. « Sans doute l'ignore-t-elle *sincèrement* », pensait Veltchaninov à son sujet encore à T. (Remarquons en passant que lui-même participait à ses débauches.) « C'est l'une de ces femmes, pensait-il, qui sont nées, semble-t-il, pour être des

1. Dostoïevski parle de « mère de Dieu des *khlysty* ». Les *khlysty* constituaient une secte très importante en Russie : leur nom signifie littéralement « flagellants ». Même si leur pratique ne saurait se résumer à la flagellation, leur nom évoque immédiatement cette idée en russe. Au cours de leurs réunions, certaines femmes atteignant la transe disaient des prophéties et étaient appelées « mères de Dieu ». Dostoïevski s'est beaucoup intéressé à cette secte.

épouses infidèles. Ces femmes ne tombent jamais tant qu'elles sont encore jeunes filles : la loi de leur nature est d'être absolument mariées pour cela. Leur mari est leur premier amant, mais après le mariage, seulement. Nulle ne se marie plus habilement et plus aisément qu'elles. Du premier amant le mari est toujours coupable. Et tout se passe au plus haut point sincèrement ; mais jusqu'au bout elles se sentent au plus haut point dans leur droit et, bien entendu, complètement innocentes. »

Veltchaninov était persuadé qu'il existe réellement un pareil type de femmes ; mais de plus il était persuadé qu'il existe aussi un type de mari correspondant à ces femmes, dont le seul et unique but consiste à être conforme à ce type d'épouse. D'après lui, l'essence de ces maris consiste à être, si l'on peut dire, des « éternels maris » ou, plus exactement, de n'être dans la vie *que* des maris et rien de plus. « Un tel individu naît et se développe uniquement afin de se marier, et, une fois marié, il se transforme en dot de son épouse, même dans le cas où il arrive qu'il ait son caractère propre, indiscutable. La caractéristique principale d'un tel mari est d'être une sorte de décoration. Ne pas être cocu, il ne le peut pas, exactement comme le soleil ne peut pas ne pas briller ; cela non seulement il ne le sait jamais, mais il ne peut même jamais l'apprendre de par les lois de la nature. » Veltchaninov croyait profondément que ces deux types existaient et que Pavel Pavlovitch Troussotski à T. était le parfait représentant de l'un des deux. Le Pavel Pavlovitch de la veille n'était pas, évidemment, le Pavel Pavlovitch qu'il avait connu à T. Il trouva qu'il avait incroyablement changé, mais Veltchaninov savait qu'il ne pouvait pas ne pas changer et que tout cela était parfaitement naturel ; monsieur Troussotski pouvait être tout ce qu'il avait été du vivant de sa femme, mais maintenant ce n'était qu'une partie d'un tout soudain lâché en liberté, c'est-à-dire quelque chose d'étonnant et qui ne ressemblait à rien.

En ce qui concerne le Pavel Pavlovitch de T., voici ce dont Veltchaninov se souvenait à son sujet et ce qu'il se rappelait maintenant :

« Bien entendu, Pavel Pavlovitch à T. était seulement un mari » et rien de plus. Si, par exemple, il était, en outre, un fonctionnaire, c'était uniquement parce que chez lui le service aussi se transformait, si l'on peut dire, en une des obligations de son couple ; il travaillait pour son épouse et sa position mondaine à T., bien qu'il fût indépendamment de cela un fonctionnaire fort zélé. Il avait alors trente-cinq ans et possédait une certaine fortune, qui n'était pas négligeable du tout. A son travail il ne faisait pas preuve de capacités particulières, mais il ne faisait pas preuve non plus d'incapacités. Il fréquentait tout ce qui dans le département était au plus haut, et il passait pour vivre sur un grand pied. Natalia Vassiliévna à T. était tout à fait respectée; d'ailleurs elle n'en faisait pas grand cas, prenant cela comme un dû, mais chez elle, elle savait toujours recevoir à merveille; en outre Pavel Pavlovitch avait été dressé par elle de telle sorte qu'il pouvait avoir des manières distinguées, même lorsqu'on recevait les autorités les plus hautes du département. Peut-être (c'est ce qui semblait à Veltchaninov) avait-il aussi de l'esprit : mais comme Natalia Vassiliévna n'aimait pas trop que son époux parlât beaucoup, on ne pouvait vraiment le remarquer. Peut-être avait-il beaucoup de qualités innées, autant que de défauts. Mais ces qualités étaient comme sous cloche et les mauvais penchants étaient étouffés presque définitivement. Veltchaninov se rappelait par exemple que monsieur Troussotski avait parfois tendance à se moquer de son prochain; mais cela lui était strictement interdit. Il aimait aussi parfois raconter quelque chose; mais à ce propos était observé le principe suivant : on ne lui permettait que de raconter une histoire des plus insignifiantes et des plus brèves. Il était attiré par un cercle d'amis en dehors de la maison et il avait même tendance à boire un verre avec un ami; mais cela avait été extirpé à la racine. Et, en outre, une caractéristique : en le voyant de l'extérieur, personne n'aurait pu dire que c'était un mari soumis; Natalia Vassiliévna semblait être une épouse obéissante et elle en était elle-même sans doute convaincue. Il se peut que Pavel Pavlovitch ait aimé Natalia Vassiliévna à la folie; mais personne ne pouvait le remarquer, et cela était même impossible, sans doute, de par les dispositions domestiques prises par Natalia Vassiliévna elle-même. Plusieurs fois au cours de sa vie à T. Veltchaninov s'était posé la question suivante : est-ce que ce mari le soupçonne d'une façon ou d'une autre d'avoir une liaison avec son épouse? Plusieurs fois il avait sérieusement interrogé Natalia Vassiliévna à ce sujet et il avait toujours obtenu la réponse, énoncée avec un certain dépit, selon laquelle le mari ne savait rien et ne pourrait jamais rien savoir et que « tout ce qui se passait n'était pas du tout son affaire ». Encore un de ses traits de caractère : elle ne se moquait jamais de Pavel Pavlovitch et en rien ne le trouvait ni ridicule, ni très médiocre, et elle aurait même pris sa défense si quelqu'un avait osé lui faire preuve d'impolitesse. N'ayant pas d'enfants elle devait naturellement devenir principalement une femme du monde; mais sa maison lui était nécessaire. Les plaisirs mondains ne la dominaient pas totalement, et elle aimait beaucoup chez elle s'occuper des affaires domestiques et faire de l'ouvrage. Pavel Pavlovitch s'était rappelé hier leurs lectures en famille à T., le soir; il se passait ceci : Veltchaninov lisait, et Pavel Pavlovitch lisait aussi ; à la surprise de Veltchaninov, il savait très bien faire la lecture. Natalia Vassiliévna pendant ce temps était à son ouvrage et écoutait la lecture toujours tranquillement et d'une humeur égale. On lisait des romans de Dickens, telle ou telle nouveauté prise dans les revues russes, et parfois quelque chose de « sérieux ». Natalia Vassiliévna appréciait hautement la culture de Veltchaninov, mais sans rien dire, comme une chose acquise et définitive, au sujet de laquelle il n'y a rien de plus à dire ; d'une manière générale vis-à-vis de tout ce qui était livresque et érudit elle se comportait avec indifférence, comme vis-à-vis d'une chose complètement accessoire, bien que peut-être utile aussi ; Pavel Pavlovitch, lui, avec une certaine chaleur.

La vie à T. s'était soudain interrompue, après avoir atteint de la part de Veltchaninov le sommet le plus accompli et presque la folie même. Tout simplement on le chassa brusquement, bien que tout ait été arrangé de telle sorte qu'il était parti en ignorant totalement qu'il était rejeté comme « une vieille savate qui n'était plus bonne à rien ». Là-bas, à T., environ un mois et demi avant son départ, était apparu un jeune petit officier d'artillerie, frais émoulu de son école, qui avait pris l'habitude de venir chez les Troussotski ; au lieu de trois on se retrouva à quatre. Natalia Vassiliévna recevait le gamin avec bienveillance, mais elle se comportait avec lui comme avec un gamin. Veltchaninov n'y vit rien du tout, et puis alors il n'avait pas l'esprit à cela, dans la mesure où on l'avait soudain informé de la nécessité d'une séparation. L'une des centaines de raisons invoquées par Natalia Vassiliévna pour son départ indispensable et urgent était que celle-ci croyait être enceinte ; et c'est pourquoi il était naturel qu'il doive nécessairement et immédiatement disparaître, ne serait-ce que pendant trois ou quatre mois, afin qu'il soit plus difficile à son mari d'avoir des doutes dans neuf mois, si quelque calomnie venait à être répandue. L'argument était assez spécieux. Après la proposition enflammée de Veltchaninov de fuir à Paris ou en Amérique, il était parti tout seul à Pétersbourg, « sans aucun doute seulement pour un petit instant », c'est-à-dire guère plus de trois mois, sinon pour rien au monde il ne serait parti, malgré toutes les raisons et les arguments. Exactement deux mois plus tard il recevait à Pétersbourg une lettre de Natalia Vassiliévna où elle lui demandait de ne jamais plus revenir, parce qu'elle en aimait un autre pour le moment ; au sujet de sa grossesse elle l'informait qu'elle s'était trompée. Cette façon de l'informer d'une erreur de sa part était de trop ; il voyait les choses clairement : il se souvint du petit officier. Les choses furent terminées pour toujours. Il avait entendu plus tard, de nombreuses années après, que Bagaoutov se trouvait là-bas et ce, depuis cinq années. Il s'expliquait la durée aussi démesurée de cette liaison notamment par le fait que Natalia Vassiliévna avait certainement déjà beaucoup vieilli et était devenue de ce fait plus attachée.

Il resta assis sur son lit presque une heure; enfin il revint à lui, sonna Mavra pour le café, le but rapidement, s'habilla et exactement à onze heures se rendit à l'église de Pokrov pour trouver l'hôtel Pokrovski. Au sujet d'ailleurs de l'hôtel Pokrovski avait surgi en lui une impression particulière, qui remontait au matin même. Il était un peu gêné entre autres par la façon dont il s'était comporté la veille avec Pavel Pavlovitch, et il fallait arranger cela maintenant.

Toute la fantasmagorie de la veille près de la porte avec la serrure, il l'expliquait par le hasard, par l'état d'ivresse de Pavel Pavlovitch et encore par on ne sait quoi, en fait il ne savait pas exactement pourquoi il allait maintenant nouer de nouvelles relations avec l'ancien mari, alors que tout s'était terminé entre eux de façon si naturelle et évidente. Il était attiré par quelque chose; il y avait là une impression particulière, et à cause de cette impression il était attiré...

5

LIZA

Il n'était pas venu à l'idée de Pavel Pavlovitch de « ficher le camp », et Dieu sait pourquoi Veltchaninov lui avait posé cette question la veille ; en réalité il était lui-même troublé. Dès qu'il se renseigna dans une petite boutique près de l'église de Pokrov on lui indiqua l'hôtel Pokrovski, à deux pas de là dans une ruelle. A l'hôtel on lui expliqua que monsieur Troussotski s'était maintenant « arrêté » ici dans des chambres meublées d'une aile de la maison, chez Maria Syssoïévna. Tandis qu'il montait un escalier en pierre plein d'ordures et très sale pour se rendre au premier étage où se trouvaient ces chambres, il entendit soudain des pleurs. C'était un enfant de sept ou huit ans, semble-t-il, qui pleurait ; les pleurs étaient pénibles, on entendait des sanglots étouffés mais déchirants accompagnés de trépignements, ainsi que des vociférations, comme étouffées également, hurlées par une voix de fausset sifflante, mais d'un adulte. Cet adulte, apparemment, calmait l'enfant et ne souhaitait pas du tout qu'on entende ses pleurs, mais il faisait plus de bruit que lui. Les vociférations étaient impitoyables, et l'enfant semblait implorer un pardon. Après avoir pénétré dans un petit couloir où une porte donnait de chaque côté, Veltchaninov croisa une grosse bonne femme, de grande taille, les cheveux en désordre comme si elle était chez elle, et il lui demanda où se trouvait Pavel Pavlovitch. Elle pointa son doigt vers la porte d'où parvenaient les pleurs. Le gros visage cramoisi de cette bonne femme d'une quarantaine d'années exprimait une certaine indignation.

— Vous voyez comme ça l'amuse ! dit-elle en chuchotant de sa voix grave et elle alla vers l'escalier.

Veltchaninov faillit frapper à la porte, mais il se ravisa et ouvrit directement la porte de Pavel Pavlovitch. Au milieu d'une petite pièce remplie de meubles en bois teinté simples et grossiers, mais nombreux, Pavel Pavlovitch était debout, à moitié habillé, sans veste et sans gilet ; avec son visage rouge et irrité, il faisait taire, en hurlant, en gesticulant et peut-être (c'est ce que crut Veltchaninov) en lui donnant des coups, une fillette d'une huitaine d'années, pauvrement habillée, mais comme une demoiselle malgré tout, d'une petite robe en laine noire. Elle avait, semble-t-il, une véritable crise d'hystérie, elle sanglotait hystériquement et tendait les bras vers Pavel Pavlovitch, comme si elle désirait l'enlasser, l'embrasser, le supplier et obtenir de lui quelque chose. En un instant tout changea : quand elle vit le visiteur, la fillette poussa un cri et fila vers la minuscule chambrette contiguë, et Pavel Pavlovitch, un moment interdit, se fondit immédiatement en un sourire, exactement comme la veille où Veltchaninov lui avait soudain ouvert la porte de l'escalier.

— Alexéï Ivanovitch, cria-t-il complètement ébahi. Si je m'attendais à... entrez, entrez ! Tenez, sur le divan, ou plutôt ici, dans le fauteuil, et je... Et il se précipita pour enfiler sa veste en oubliant le gilet.

— Ne faites pas de cérémonies, restez comme vous êtes. Veltchaninov s'installa sur une chaise.

— Non, permettez-moi de faire quelques cérémonies ; voilà, comme cela je suis un peu plus présentable. Mais pourquoi vous êtes-vous installé dans le coin ? Venez ici, dans le fauteuil, près de la table, je vous en prie... Eh bien, je ne m'y attendais pas, je ne m'y attendais pas !

Il s'installa aussi sur le bord d'une chaise cannée, mais pas à côté du visiteur « imprévu » : il tourna sa chaise vers le coin afin de s'asseoir juste en face de Veltchaninov.

— Mais pourquoi ne vous y attendiez-vous pas ? Ne vous avais-je pas fixé un rendez-vous précis hier en vous disant que je viendrais chez vous à cette heure-ci ?

— Je pensais que vous ne viendriez pas ; et comme à mon réveil j'ai réfléchi à tout ce qui s'est passé hier, j'avais complètement perdu l'espoir de vous voir, pour toujours même.

Pendant ce temps Veltchaninov examinait la pièce autour de lui. Elle était en désordre, le lit défait, les vêtements étalés, sur la table il y avait des verres avec des restes de café, des miettes de pain et une bouteille de champagne à moitié vide, débouchée, un verre à côté. Son regard se portait vers la chambre contiguë, mais tout y était calme ; la fillette s'était cachée et restait silencieuse.

— Est-il possible que vous buviez à cette heure ? dit Veltchaninov en montrant le champagne.

— Ce sont des restes... répondit Pavel Pavlovitch confus.

— Comme vous avez changé !

— Ce sont de mauvaises habitudes qui arrivent soudain ! En fait, cela remonte à cette époque-là ; sans mentir ! Je ne peux m'en empêcher. Maintenant, ne vous inquiétez pas, Alexéï Ivanovitch, maintenant je ne suis pas soûl et je ne vais pas raconter des bêtises, comme hier chez vous; mais je vous le dis, pour sûr tout cela remonte à cette époque-là! Et si quelqu'un m'avait dit ne serait-ce qu'il y a six mois que je me délabrerais aussi soudainement, que je deviendrais ce que je suis maintenant, si on m'avait mis devant un miroir, je ne l'aurais pas cru!

— Hier, vous étiez donc soûl?

— Oui, reconnut Pavel Pavlovitch à mi-voix, en baissant les yeux de confusion; mais, voyez-vous, ce n'est pas que j'étais soûl, c'était un peu après. C'est ce que je voudrais vous expliquer: chez moi après c'est encore pire; je m'enivre un tout petit peu, mais il y a une cruauté et une déraison qui demeurent en moi, et puis je ressens mon malheur encore plus fortement. C'est sans doute à cause de ce malheur que je bois. C'est à ce moment-là que je peux parfaitement faire des bêtises, de la façon la plus stupide, et que je deviens grossier. Sans doute me suis-je présenté à vous de façon très étrange hier?

— Est-ce que vous ne vous rappelez pas?

— Comment ne pas me rappeler? Je me rappelle tout...

— Vous voyez, Pavel Pavlovitch, c'est exactement ce à quoi j'ai pensé et ce que je me suis expliqué, dit Veltchaninov d'un ton d'apaisement; de plus, j'étais moi-même assez irrité contre vous hier et... par trop impatient, je le reconnais volontiers. Je ne me sens pas tout à fait bien parfois, et votre venue inopinée en pleine nuit...

— Oui, en pleine nuit, en pleine nuit! dit Pavel Pavlovitch en hochant la tête,, comme s'il était lui-même étonné et qu'il se jugeait. Et la façon dont ça m'a pris! Pour rien au monde je ne serais passé chez vous si vous ne m'aviez pas ouvert vous-même; je me serais éloigné de la porte. Je suis passé chez vous, Alexéï Ivanovitch, il y a une semaine et je ne vous ai pas trouvé; et puis je ne serais sans doute jamais passé une autre fois. Malgré tout j'ai ma fierté moi aussi, Alexéï Ivanovitch, bien que je reconnaisse que... dans mon état. Nous nous sommes rencontrés dans la rue aussi, et je n'arrêtais pas de penser: il ne me reconnaît donc pas, il se détourne, neuf ans ce n'est pas rien, et je n'arrivais pas à me décider à vous approcher. Et hier je flânais en revenant du Vieux Bourg, et j'avais oublié l'heure. Tout cela c'est à cause d'elle (il montra la bouteille), et des sentiments. C'est stupide! Complètement stupide! Et si vous n'aviez pas été ce que vous êtes, — parce que vous êtes, en effet, venu chez moi après ce qui s'est passé hier, au nom de notre passé, — j'aurais même perdu tout espoir de renouer notre amitié.

Veltchaninov écoutait attentivement. Cet homme semblait parler avec sincérité, avec une certaine dignité même; et cependant il ne croyait rien de ce qu'il disait depuis l'instant où il était entré chez lui.

— Dites-moi, Pavel Pavlovitch, vous n'êtes donc pas tout seul ici ? Quelle est cette fillette que je viens de voir chez vous ?

Pavel Pavlovitch fut surpris et releva même les sourcils, mais il posa un regard clair et agréable sur Veltchaninov.

— Comment, quelle est cette fillette ? Mais c'est Liza ! répliqua-t-il avec un sourire affable.

— Quelle Liza ? bredouilla Veltchaninov, et quelque chose sembla vaciller en lui. L'impression était trop inattendue. Tout à l'heure, après être entré et avoir aperçu Liza, il avait bien été surpris, mais il n'avait pas éprouvé le moindre pressentiment, la moindre pensée particulière.

— Mais notre Liza, notre fille Liza ! dit en souriant Pavel Pavlovitch.

— Comment une fille ? Est-ce que Natalia... la défunte Natalia et vous aviez des enfants ? demanda incertain et timidement Veltchaninov d'une drôle de voix vraiment très basse.

— Mais comment ? Ah, mon Dieu, c'est vrai, par qui auriez-vous pu le savoir ? Mais bien sûr ! C'est après votre départ que Dieu nous a fait ce don !

Pavel Pavlovitch s'était même levé de sa chaise à cause d'une certaine excitation, qui ne lui était d'ailleurs pas désagréable.

— Je n'étais pas du tout au courant, dit Veltchaninov qui avait blêmi.

— En effet, en effet, qui aurait pu vous le dire ? répéta Pavel Pavlovitch d'une voix attendrie et alanguie. C'est que nous avions perdu espoir la défunte et moi, vous vous en souvenez vous-même ; et le Seigneur soudain nous a bénis, et ce qui s'est passé en moi alors, Lui seul le sait ! Exactement, me semble-t-il, une année après votre départ ! Ou plutôt non, pas une année plus tard, non non, attendez : vous êtes alors parti de chez nous, si je ne m'abuse, en octobre ou en novembre ?

— Je suis parti de T. au début du mois de septembre, le 12 septembre ; je m'en souviens bien...

— En septembre, est-ce possible ? Hum... où en étais-je ? répliqua Pavel Pavlovitch fort surpris. S'il en est donc ainsi, permettez-moi : vous êtes parti en septembre, le douze, et Liza est née en mai, le huit : donc, septembre, octobre, novembre, décembre, janvier, février, mars, avril, c'est donc un peu plus de huit mois après vous, oui ! Et si seulement vous saviez à quel point la défunte...

— Mais montrez-la-moi... appelez-la donc... balbutia d'une voix rauque Veltchaninov.

— Absolument ! dit Pavel Pavlovitch en s'affairant et en interrompant immédiatement ce qu'il voulait dire, comme une chose tout à fait inutile; tout de suite, je vais tout de suite vous la présenter! Et il fila dans la chambre où se trouvait Liza.

Trois ou quatre bonnes minutes s'écoulèrent peut-être; dans la petite chambre on entendit tout de suite des chuchotements rapides, à peine percevait-on le son de la voix de Liza; « elle demande à ne pas venir », pensa Veltchaninov. Enfin ils entrèrent.

— La voici, elle est toute confuse, dit Pavel Pavlovitch, elle est si pudique, si fière... tout le portrait de la défunte!

Liza entra sans pleurer cette fois, les yeux baissés; le père la menait par la main. C'était une fillette élancée, toute fine et très jolie. Elle leva rapidement ses grands yeux bleus vers le visiteur, avec curiosité, mais elle le regarda d'un air renfrogné pour rebaisser immédiatement les yeux. Il y avait dans son regard la gravité de ces enfants qui restent seuls avec un inconnu et qui s'écartent dans un coin pour examiner avec un air grave et méfiant le nouveau venu qui est là pour la première fois; mais il y avait peut-être en elle une autre pensée, pas celle d'un enfant, comme le crut Veltchaninov. Le père l'amena tout près de lui.

— Tu vois ce monsieur, il connaissait ta maman autrefois, c'était notre ami, ne sois pas sauvage, tends-lui la main!

La fillette se pencha légèrement et tendit timidement sa main.

— Chez nous Natalia Vassiliévna ne voulait pas lui apprendre à saluer en faisant la révérence, mais en baissant légèrement la tête et en tendant la main au visiteur à la manière anglaise, précisa-t-il à Veltchaninov en guise d'explication, le regard fixé sur lui.

Veltchaninov savait qu'il le fixait des yeux, mais il ne se souciait plus du tout de cacher son émotion; il était assis sur la chaise sans bouger, il tenait la main de Liza dans sa main et fixait son regard sur l'enfant. Mais Liza était très préoccupée et bien qu'elle ait oublié sa main dans la main du visiteur, elle ne quittait pas du regard son père. Elle guettait craintivement tout ce qu'il allait dire. Veltchaninov reconnut tout de suite ces grands yeux bleus, mais il fut surtout frappé par la blancheur étonnante, extraordinairement tendre de son visage et par la couleur de ses cheveux. Ces traits étaient par trop significatifs pour lui. Les contours du visage, le dessin des lèvres, au contraire, rappelaient nettement Natalia Vassiliévna. Depuis un certain temps déjà Pavel Pavlovitch s'était mis à raconter quelque chose, avec beaucoup de chaleur et de sentiments semble-t-il, mais Veltchaninov ne l'entendait plus du tout. Il ne saisit que la dernière phrase :

— ... de sorte que, Alexéï Ivanovitch, vous ne pouvez pas vous imaginer notre joie face à ce don du Seigneur! Pour moi sa naissance avait tout représenté, de sorte que si mon bonheur tranquille venait à disparaître de par la volonté de Dieu, eh bien je pensais que Liza me resterait; voilà ce qu'au moins je savais fermement!

— Et Natalia Vassiliévna? demanda Veltchaninov.

— Natalia Vassiliévna? reprit Pavel Pavlovitch en grimaçant. Mais vous la connaissez, vous vous souvenez qu'elle n'aimait pas beaucoup se livrer, mais en revanche la façon dont elle lui a dit adieu sur son lit de mort... c'est là qu'elle a tout dit! Je viens de vous dire « sur son lit de mort »; et soudain cependant, un jour avant sa mort, la voilà qui se trouble, se fâche, dit qu'on veut la faire mourir avec ces médicaments, qu'elle n'a qu'une simple fièvre, et que nos deux docteurs n'y comprennent rien, et que dès que Koch reviendrait (vous vous souvenez de notre médecin militaire, le petit vieux) elle se rétablirait en deux semaines! Et vous pensez! Cinq heures seulement avant qu'elle nous quitte elle se rappelait que dans trois semaines elle devait absolument rendre visite à sa tante, la marraine de Liza, pour sa fête, dans son domaine...

Veltchaninov se leva soudain de sa chaise, sans relâcher la main de Liza. Il lui avait d'ailleurs semblé que dans le regard brûlant de la fillette, fixé sur son père, il y avait du reproche.

— N'est-elle pas malade? demanda-t-il étrangement, comme pressé.

— Il me semble que non, non, mais... la situation est telle pour nous ici, déclara Pavel Pavlovitch avec une douloureuse sollicitude, c'est une enfant étrange et en outre nerveuse : après la mort de sa mère elle a été malade deux semaines, une crise d'hystérie. Tout à l'heure qu'est-ce qu'on a pu pleurer, quand vous êtes entré, tu entends, Liza, tu entends? Et pourquoi donc? Tout ça parce que je m'en vais et que je la laisse, et que donc, n'est-ce pas, je ne l'aime plus comme je l'aimais du vivant de sa maman : voilà de quoi elle m'accuse. Et il lui vient en tête des lubies, elle qui n'est qu'une enfant et qui ferait mieux de se contenter de jouer. Mais ici elle n'a personne avec qui jouer.

— Ainsi donc vous êtes... est-ce que vous êtes ici uniquement tous les deux?

— Nous ne sommes que tous les deux; la servante ne vient guère travailler qu'une seule fois par jour.

— Et quand vous partez, vous la laissez toute seule?

— Et comment faire autrement? Hier je suis parti, je l'avais même enfermée à clé là, dans cette chambrette, et aujourd'hui on a pleuré. Et qu'est-ce que je pouvais donc faire, jugez vous-même : avant-hier elle est descendue sans moi et un garçon lui a envoyé un caillou à la tête. Sinon elle se met à pleurer et à se précipiter sur tout le monde dehors pour demander où je suis parti. Ce n'est pas bien quand même. Quant à moi aussi je suis bien bon : je pars pour une heure, et je reviens le lendemain matin, comme c'est arrivé hier. C'est encore bien que la patronne ait ouvert la porte sans moi : elle avait appelé le serrurier pour qu'il ouvre la porte; c'en est même une honte, vraiment je sens que je suis un monstre. Tout ça vient de mon délabrement...

— Papa! dit timidement la fillette inquiète.

— Allons bon, ça recommence! Tu recommences! Qu'est-ce que je t'ai dit tout à l'heure?

— Je ne le ferai plus, je ne le ferai plus, répéta apeurée Liza qui se hâta de joindre les mains devant elle.

— Cela ne peut pas continuer ainsi chez vous, dans une telle ambiance, dit soudain Veltchaninov irrité avec une voix autoritaire. En fait vous êtes... vous êtes quelqu'un qui a de la fortune tout de même; comment pouvez-vous demeurer ainsi, et tout d'abord dans cette maison et dans une ambiance pareille?

— Dans cette maison? Mais pour sûr nous partirons, dans une semaine peut-être, et puis nous avons aussi dépensé beaucoup d'argent, malgré notre fortune...

— Bon, ça suffit, ça suffit, l'interrompit Veltchaninov avec une irritation croissante, comme s'il voulait clairement lui signifier : « Inutile de parler, je sais tout ce que tu vas dire et je sais dans quel but tu parles! » Écoutez, je vous fais une proposition : vous venez de dire que vous allez rester une semaine sans doute, deux peut-être. J'ai une maison ici, c'est-à-dire une famille où je suis comme chez moi, depuis vingt ans déjà. C'est la famille Pogoreltsev. Pogoreltsev, Alexandre Pavlovitch, est conseiller aulique; même à vous il sera utile pour votre affaire. Actuellement ils sont à la campagne. Ils sont propriétaires d'une datcha richissime. Klavdia Pétrovna Pogoreltseva est pour moi comme une sœur, comme une mère. Ils ont huit enfants. Allons, je vais tout de suite emmener Liza chez eux... je dis cela afin de ne pas perdre de temps. Ils la recevront avec joie durant tout ce temps, ils la combleront de caresses, comme si elle était leur propre fille, comme leur propre fille!

Il était dans une excitation terrible qu'il ne dissimulait pas.

— C'est impossible, voyez-vous, dit Pavel Pavlovitch en grimaçant d'un air rusé et en fixant sur lui son regard, comme le crut Veltchaninov.

— Pourquoi? Pourquoi est-ce impossible?

— Voyons, laisser partir ainsi une enfant, si soudainement, même avec un bienfaiteur aussi sincère que vous, ce n'est pas la question; mais malgré tout il s'agit d'une maison que je ne connais pas, et du grand monde, où je ne sais pas encore comment on me recevra.

— Mais je vous ai pourtant dit que je suis pour eux comme un parent, s'écria presque en colère Veltchaninov. Il suffira que je le demande à Klavdia Pétrovna pour qu'elle considère cela comme une joie. Comme si c'était ma fille... Que le diable l'emporte, vous savez pourtant bien vous-même que vous dites cela seulement comme ça, pour bavarder... qu'y a-t-il de plus à ajouter?

Il frappa même du pied.

— Je veux dire, est-ce que cela ne sera pas très étrange? Malgré tout il me faudrait au moins une ou deux fois aller prendre mes renseignements chez elle, sinon comment faire sans son père? Hé! hé!... et dans une maison aussi importante.

— Mais c'est une maison des plus simples, et pas du tout « importante »! cria Veltchaninov. Je vous dis qu'il y a beaucoup d'enfants là-bas. Elle renaîtra là-bas, il y a tout pour cela... Dès demain, moi-même je vous présenterai, si vous le voulez. Et il vous faudra même absolument passer les remercier; nous irons tous les jours, si vous voulez...

— Tout cela est...

— Fadaises! L'essentiel est que vous le sachiez! Écoutez, venez chez moi ce soir : vous y passerez la nuit, et si vous le voulez, demain de bonne heure nous partirons pour y être à midi.

— Vous êtes mon bienfaiteur! Et en plus passer la nuit chez vous... accepta Pavel Pavlovitch qui était attendri, vous me faites véritablement un bienfait... et où est leur datcha?

— Leur datcha est à Liésnoïé.

— Seulement voilà, comment faire pour ses vêtements? Parce que si elle doit aller dans une maison aussi aristocratique, et à la campagne en plus, vous savez vous-même... le cœur d'un père!

— Mais quels vêtements? Elle est en deuil. Peut-elle avoir d'autres vêtements? Ce sont les plus corrects que l'on puisse imaginer! Il faudrait seulement du linge un peu plus propre, un fichu... (Son fichu et le linge que l'on pouvait apercevoir étaient réellement très sales.)

— Tout de suite, il faut absolument qu'elle se change, dit préoccupé Pavel Pavlovitch; et nous allons tout de suite aussi rassembler le linge qui est nécessaire; il est au lavage chez Maria Syssoïévna.

— Il faudrait faire aller chercher un fiacre, l'interrompit Veltchaninov, et au plus vite, si c'est possible.

Mais il y avait un problème : Liza était absolument contre ce départ; pendant tout ce temps elle avait écouté avec crainte, et si Veltchaninov en sermonnant Pavel Pavlovitch avait eu le temps de la regarder attentivement, il aurait aperçu le désespoir le plus total exprimé sur son petit visage.

— Je ne partirai pas, dit-elle calmement et doucement.

— Eh bien voilà, vous voyez, c'est tout le portrait de sa maman !

— Je ne suis pas comme maman, je ne suis pas comme maman ! cria Liza qui tordait ses petits bras de désespoir comme pour se justifier devant son père de l'épouvantable reproche d'être tout le portrait de sa maman. Papa, papa, si vous m'abandonnez...

Soudain elle se jeta sur Veltchaninov qui était effrayé.

— Si vous me prenez, je...

Mais elle n'eut pas le temps de dire quoi que ce soit de plus ; Pavel Pavlovitch la saisit par le bras, presque par le col, et avec une fureur non dissimulée l'entraîna dans la petite chambre. De nouveau il y eut là des chuchotements, on entendit des pleurs étouffés. Veltchaninov aurait bien voulu y aller lui-même, mais Pavel Pavlovitch fit son entrée et déclara avec un sourire grimaçant qu'elle allait venir tout de suite. Veltchaninov essayait de ne pas le regarder et détournait les yeux.

Maria Syssoïévna, cette bonne femme qu'il avait rencontrée en entrant tout à l'heure dans le couloir, vint et elle se mit à ranger dans un joli petit sac qui appartenait à Liza le linge qu'elle avait apporté pour elle.

— Eh bien, le monsieur va emmener la fillette ? dit-elle en s'adressant à Veltchaninov ; vous avez de la famille, hein ? Vous faites bien, monsieur : c'est une enfant tranquille, vous la sauvez de Sodome.

— Allons, Maria Syssoïévna, se mit à bredouiller Pavel Pavlovitch.

— Eh bien quoi, Maria Syssoïévna ! C'est bien ainsi que tout le monde me respecte ! Est-ce que ce n'est pas Sodome chez toi peut-être ? Est-ce que c'est bien pour une enfant qui a l'âge de raison de voir une honte pareille ? On vous a fait venir le fiacre, monsieur, pour Liésnoïé, hein ?

— Oui, oui.

— Eh bien, à la bonne heure !

Liza apparut, blême, ses petits yeux baissés, et elle prit le sac. Pas un seul regard en direction de Veltchaninov ; elle se retint pour ne pas se précipiter, comme tout à l'heure, pour embrasser son père, même pour les adieux ; on voyait qu'elle ne voulait même pas le regarder. Le père embrassa comme il faut sa petite tête qu'il caressa ; c'est alors que sa lèvre se déforma et que son menton se mit à trembler, mais malgré tout elle ne leva pas les yeux. Pavel Pavlovitch était blême, semble-t-il, et ses mains tremblaient, Veltchaninov le remarqua clairement, bien qu'il s'efforçât le plus possible de ne pas le regarder. Il avait envie d'une seule chose : partir au plus vite. « Et alors, en quoi suis-je coupable? pensa-t-il. C'est ce qu'il fallait. » Ils descendirent, Maria Syssoïévna embrassa Liza et ce n'est que lorsqu'elle fut installée dans le fiacre que Liza leva les yeux vers son père, et elle battit soudain des mains et poussa un cri; un instant plus tard elle se serait jetée du fiacre pour le rejoindre, mais déjà les chevaux galopaient.

6

UNE NOUVELLE FANTAISIE D'UN HOMME OISIF

— Vous n'êtes pas bien ? dit Veltchaninov effrayé. Je vais faire arrêter, je vais demander qu'on vous apporte de l'eau.

Elle tourna ses yeux vers lui, son regard était brûlant, plein de reproches.

— Où m'emmenez-vous ? dit-elle d'un ton brusque et heurté.

— C'est une maison magnifique, Liza. Ils sont maintenant dans une magnifique datcha ; il y a beaucoup d'enfants, ils vont vous aimer, ils sont bons... Ne soyez pas fâchée contre moi, Liza, je veux votre bien...

Si l'un de ses amis avait pu le voir à cet instant, il aurait paru bien étrange.

— Comme vous êtes, vous êtes, vous êtes... oh, comme vous êtes méchant ! dit Liza qui s'étranglait avec ses larmes étouffées et tournait vers lui ses magnifiques yeux brillants et pleins de fureur.

— Liza, je...

— Vous êtes méchant, méchant, méchant ! Elle tordait ses bras. Veltchaninov était complètement éperdu.

— Liza, ma chère, si vous saviez dans quel désespoir vous me plongez !

— C'est vrai qu'il viendra demain ? C'est vrai ? demanda-t-elle d'un ton impérieux.

— C'est vrai, c'est vrai ! Je l'emmènerai moi-même ; j'irai le chercher et je l'emmènerai.

— Il vous trompera, murmura Liza en baissant les yeux.

— Est-ce qu'il ne vous aime pas, Liza ?

— Il ne m'aime pas.

— Il vous a offensée ? Il vous a offensée ?

Liza tourna vers lui son regard sombre et se tut. Elle se détourna de nouveau de lui et resta assise les yeux obstinément baissés. Il désirait la convaincre, il lui parlait avec chaleur, lui-même avait de la fièvre. Liza écoutait avec méfiance, hostilité, mais elle écoutait. Son attention le remplissait d'une joie extrême : il avait même entrepris de lui expliquer ce qu'est un homme qui boit. Il disait que lui-même l'aimait et qu'il prendrait soin de son père. Liza leva enfin ses yeux et le regarda fixement. Il lui raconta comment il avait aussi connu sa maman, et il vit que ses récits la distrayaient. Peu à peu elle commença à répondre vaguement à ses questions, mais prudemment, par monosyllabes, d'une manière récalcitrante. Quant aux questions essentielles, elle n'y répondait pas malgré tout : elle se taisait obstinément sur tout ce qui touchait ses anciennes relations avec son père. Tout en parlant avec elle, Veltchaninov prit sa petite main dans la sienne, comme tout à l'heure, et il ne la relâchait pas ; elle ne la retirait pas. La fillette, d'ailleurs, ne se taisait pas tout le temps ; elle avoua malgré tout dans des réponses peu claires qu'elle aimait plus son papa que sa maman parce qu'il l'avait toujours aimée plus autrefois, alors que sa maman l'aimait moins avant ; mais lorsque sa maman était en train de mourir elle l'avait beaucoup embrassée et elle avait pleuré, et quand tout le monde était sorti de la chambre et qu'elles étaient restées toutes les deux... et maintenant elle l'aimait plus que tout, plus que tout, plus que tout au monde, et toutes les nuits elle l'aime plus que tout. Mais la fillette était réellement fière : s'étant avisée qu'elle avait trop parlé, elle se renferma soudain de nouveau et se tut ; elle regarda même avec haine Veltchaninov qui l'avait obligée à trop parler. A la fin de la route son état hystérique était presque passé, mais elle était devenue terriblement pensive et son regard était devenu celui d'une sauvage, avec un air renfrogné, une obstination sombre, rétive. Elle était peu troublée pour le moment par le fait qu'on l'emmenait maintenant dans une maison inconnue, où elle n'était jamais allée. C'est autre chose qui la faisait souffrir, cela Veltchaninov le voyait ; il devinait qu'elle avait honte de *lui*, qu'elle avait honte précisément du fait que son père l'ait si facilement laissée partir avec un inconnu, comme s'il l'avait jetée dans ses bras.

« Elle est malade, pensait-il, très malade peut-être ; on l'a fait souffrir... Ô créature vile, avinée ! Maintenant je te comprends ! » Il pressait le cocher ; il faisait reposer ses espoirs sur la datcha, le grand air, le jardin, les enfants, une nouvelle vie qu'elle ne connaissait pas, et là, ensuite... Mais sur ce qui allait se passer ensuite, il n'avait pas le moindre doute ; il y avait là des espoirs clairs, certains. Il n'y avait qu'une seule chose qu'il savait parfaitement : jamais plus il n'éprouverait ce qu'il ressentait maintenant, et toute sa vie cela serait présent ! « Voilà le but, voilà la vie ! » pensait-il exalté.

Les idées se bousculaient maintenant dans sa tête, mais il ne s'y arrêtait pas et évitait obstinément les détails : sans les détails tout devenait clair, tout était indestructible. Pour l'essentiel son plan allait de soi : « Il sera possible d'agir sur ce filou en réunissant des forces, rêvait-il, et il laissera Liza à Pétersbourg chez les Pogoreltsev, provisoirement certes au début, pour un certain temps, et il repartira seul ; et Liza me restera ; voilà tout, quoi de plus ? Et... et, bien sûr, c'est ce que lui-même désire ; sinon pourquoi la ferait-il souffrir ? » Ils arrivèrent enfin. La datcha des Pogoreltsev était effectivement un endroit charmant ; avant tous les autres ils furent accueillis par une bande bruyante d'enfants qui affluaient sur le perron de la datcha. Il y a trop longtemps que Veltchaninov n'était pas venu ici, et la joie des enfants était effrénée : on l'aimait. Avant même qu'il ne sorte du fiacre les aînés lui crièrent :

— Et le procès, et votre procès ? Les plus petits reprirent la question et ils glapissaient en riant à la suite des aînés. On le taquinait ici avec son procès. Mais dès qu'ils virent Liza ils l'entourèrent et ils se mirent à l'examiner avec une curiosité enfantine, silencieuse et attentive. Klavdia Pétrovna sortit, suivie de son mari. Son mari et elle, le sourire aux lèvres, commencèrent aussi dès le premier mot par une question sur son procès.

Klavdia Pétrovna était une dame de trente-sept ans déjà, une petite brune replète et belle encore, au visage frais et rose. Son mari avait dans les cinquante-cinq ans, c'était un homme intelligent et rusé, mais avant tout un brave homme. Leur maison était au plein sens du terme un « coin de famille » pour Veltchaninov, comme il le disait lui-même. Mais il y avait là une raison particulière, dissimulée : une vingtaine d'années auparavant, cette Klavdia Pétrovna avait failli se marier avec Veltchaninov, qui était alors presque encore un gamin, un étudiant. Cet amour avait été le premier, impétueux, drôle et magnifique. Les choses avaient pris fin cependant par le mariage avec Pogoreltsev. Cinq ans plus tard environ ils s'étaient de nouveau rencontrés et tout avait pris fin par une claire et douce amitié. Il demeurait pour toujours une certaine chaleur dans leurs relations, éclairées par une lumière particulière. Là, tout était pur et sans reproche dans les souvenirs de Veltchaninov, et c'était sans doute d'autant plus cher pour lui qu'il n'y avait guère que là que c'était le cas. Là, dans cette famille, il était simple, naïf, bon, il gâtait les enfants, il ne faisait jamais de façons, reconnaissait tout et confessait tout. Plus d'une fois il avait juré aux Pogoreltsev qu'il fréquenterait encore un peu le monde et puis qu'il s'installerait chez eux définitivement pour vivre en leur compagnie, sans plus de séparation. Il songeait à cette intention, sans du tout plaisanter.

Il leur exposa assez en détail tout ce qu'il fallait au sujet de

Liza; mais sa simple demande, sans aucun exposé particulier, avait suffi. Klavdia Pétrovna embrassa l'« orpheline » et promit de son côté de tout faire. Les enfants attrapèrent Liza et l'emmenèrent jouer dans le jardin. Après une demi-heure d'une conversation animée, Veltchaninov se leva et commença à faire ses adieux. Son impatience était telle que tout le monde la remarquait. Tout le monde s'étonna : il n'était pas venu depuis trois semaines et il partait maintenant au bout d'une demi-heure. Il éclata de rire et jura qu'il reviendrait le lendemain. On lui fit remarquer qu'il était trop nerveux; il prit soudain Klavdia Pétrovna par les mains et sous le prétexte qu'il avait oublié de lui dire quelque chose de très important, il l'emmena dans une autre pièce.

— Vous vous rappelez ce que je vous ai dit, à vous seule et que même votre mari ne sait pas, au sujet de cette année que j'ai passée à T.?

— Parfaitement bien; vous m'en avez souvent parlé.

— Je n'en ai pas parlé, je me suis confessé, et à vous seule, à vous seule! Je ne vous ai jamais prononcé le nom de cette femme; elle s'appelait Troussotskaïa, l'épouse de ce Troussotski. C'est elle qui est morte, et Liza est sa fille, ma fille!

— Est-ce certain? Vous ne vous trompez pas? demanda Klavdia Pétrovna un peu troublée.

— Absolument pas, absolument pas! dit exalté Veltchaninov.

Et il raconta tout le plus brièvement qu'il put, en se pressant et en étant terriblement ému. Klavdia Pétrovna savait tout cela avant, mais elle ne connaissait pas le nom de cette dame. Veltchaninov était toujours effrayé à la seule idée que l'une quelconque de ses connaissances rencontrât un jour Mme Troussotskaïa et pensât que *lui* avait pu *tant* aimer cette femme, que même à Klavdia Pétrovna, sa seule amie, il n'avait osé dévoiler jusqu'à présent le nom de « cette femme ».

— Et le père ne sait rien? demanda-t-elle après avoir écouté le récit.

— Si, si, il sait... Ce qui me torture précisément, c'est que je n'ai pas encore tout saisi! continua avec fougue Veltchaninov. Il le sait, il le sait; je l'ai remarqué aujourd'hui et hier. Mais je dois savoir jusqu'à quel point il sait au juste. C'est pour cela que je me dépêche maintenant. Il viendra ce soir. Je suis perplexe, d'ailleurs, car d'où pourrait-il le savoir, je veux dire savoir *tout cela*? Au sujet de Bagaoutov il sait tout, il n'y a pas de doute là-dessus. Mais à mon sujet? Vous savez comment dans ce cas les épouses savent rassurer leur mari! Qu'un ange tombe du ciel, le mari n'en croira rien, mais elle, il la croira! Ne hochez pas la tête, ne me condamnez pas, je me condamne moi-même et je me suis condamné pour tout il y a longtemps, il y a longtemps!... Vous voyez, tout à l'heure chez lui j'étais à ce point certain qu'il savait tout que je me suis compromis devant lui. Le croirez-vous : j'ai tellement honte et cela m'est si pénible de l'avoir si grossièrement accueilli hier. (Je vous donnerai d'autres détails plus tard!) Il est passé hier chez moi à cause d'un méchant désir qu'il ne pouvait vaincre de me faire savoir qu'il connaissait l'offense et son offenseur! Voilà toute la raison de sa stupide venue en état d'ivresse. Mais c'est si naturel de sa part! Il est passé justement pour me faire des reproches! Dans l'ensemble je me suis comporté avec trop de véhémence tout à l'heure et hier! C'était imprudent, stupide! Je me suis moi-même trahi face à lui! Pourquoi est-il arrivé à un moment où j'étais aussi troublé? Mais je vous le dis, il a même torturé Liza, il a torturé une enfant, et c'est sans doute aussi pour lui faire des reproches, pour extirper le mal même chez une enfant! Oui, il est furieux, malgré toute sa nullité il est furieux; au plus haut point même. Il va de soi qu'il n'est rien de plus qu'un bouffon, alors qu'autrefois, je vous le jure, il avait l'allure d'un honnête homme, pour autant qu'il en était capable; mais c'est si naturel qu'il se soit livré à la débauche! Mon amie, c'est là qu'il faut avoir un regard chrétien! Et savez-vous, ma chère, ma très bonne, je veux tout à fait changer à son égard : je veux lui manifester de l'amitié. Ce sera même une « bonne action » de ma part. Parce que je suis effectivement coupable vis-à-vis de lui! Voyez-vous, je vais encore vous dire ceci : un jour à T. j'ai eu soudain besoin de quatre mille roubles, et il me les a donnés à l'instant, sans le moindre papier, avec une joie sincère, tout ce dont j'avais besoin, et c'est que je les ai pris alors, je les ai pris de ses propres mains, et je lui ai pris l'argent, je lui ai pris comme à un ami!

— Seulement soyez plus prudent, remarqua à propos de tout cela Klavdia Pétrovna qui était inquiète; et vous êtes si exalté, que, vraiment, j'ai peur pour vous! Bien sûr, Liza est ici comme ma fille, mais il y a là tant, tant de choses qui ne sont pas encore résolues! Et surtout, soyez plus circonspect maintenant; vous devez absolument être plus circonspect; quand vous êtes heureux ou que vous êtes dans un tel enthousiasme; vous avez trop de grandeur d'âme quand vous êtes heureux, ajouta-t-elle en souriant.

Tout le monde sortit pour accompagner Veltchaninov; les enfants amenèrent Liza avec laquelle ils jouaient dans le jardin. Ils la regardaient maintenant avec encore plus de perplexité que tout à l'heure, semble-t-il. Liza était extrêmement sauvage quand Veltchaninov l'embrassa en présence de tout le monde, en lui disant adieu, et il répéta avec flamme sa promesse de venir le lendemain avec son père. Jusqu'à la dernière minute elle se tut et elle ne le regarda pas, mais soudain elle le saisit par la manche et l'entraîna de côté en fixant sur lui des yeux suppliants ; elle avait envie de lui dire quelque chose. Il l'emmena tout de suite dans une autre pièce.

— Qu'est-ce qu'il y a, Liza ? demanda-t-il tendrement pour l'encourager ; mais, tout en se retournant apeurée, elle l'entraîna encore plus loin, dans un coin ; elle avait absolument envie de se cacher de tout le monde. Qu'est-ce qu'il y a, Liza, qu'est-ce qu'il y a ?

Elle se taisait et n'arrivait pas à se décider ; elle le regardait fixement dans les yeux de ses yeux bleus, et les traits de son petit visage n'exprimaient qu'une peur folle.

— Il... il va se pendre ! lui murmura-t-elle comme en délire.

— Qui va se pendre ? demanda Veltchaninov épouvanté.

— Lui, lui ! Il voulait se pendre à une corde cette nuit ! s'empressa de dire la fillette en hoquetant. Je l'ai vu moi-même ! Tout à l'heure, il voulait se pendre à une corde, il me l'a dit, il me l'a dit ! Avant aussi il le voulait, il l'a toujours voulu... Je l'ai vu cette nuit...

— Ce n'est pas possible ! murmura Veltchaninov perplexe.

Elle se précipita soudain pour embrasser ses mains ; elle pleurait, respirant à peine à cause des sanglots, elle le priait et le suppliait, mais il ne pouvait rien comprendre dans son balbutiement hystérique. Et ce regard douloureux d'une enfant torturée, qui le regardait dans une peur folle où se trouvait un dernier espoir, fut imprimé pour toujours ensuite dans sa mémoire, il le voyait dans la journée et en rêvait la nuit.

« Mais est-ce possible, est-ce possible qu'elle l'aime à ce point ? pensait-il jaloux et envieux, alors qu'il rentrait fébrilement en ville. Elle a dit elle-même tout à l'heure qu'elle aimait plus sa mère... peut-être le hait-elle, et ne l'aime-t-elle pas du tout !... »

« Et qu'est-ce que ça veut dire : "Il va se pendre" ? Que voulait-elle dire ? Que lui, cet idiot, va se pendre ?... Il faut le savoir ; il faut absolument le savoir ! Il faut trouver la solution de tout cela au plus vite, trouver la solution définitive ! »

7

LE MARI ET L'AMANT S'EMBRASSENT

Il se dépêchait terriblement afin de « savoir ». « Tout à l'heure j'ai été abasourdi ; tout à l'heure je n'avais pas le temps de réfléchir, pensait-il en se souvenant de sa première rencontre avec Liza, mais maintenant, il faut savoir. » Pour savoir au plus vite, il faillit dans son impatience donner l'ordre qu'on le conduise directement chez Troussotski, mais il se ravisa immédiatement : « Non, il vaut mieux qu'il vienne lui-même chez moi, et entretemps j'en finirai au plus vite avec ces maudites affaires. »

Il s'occupa fébrilement de ses affaires ; mais cette fois il sentit lui-même qu'il était très distrait et qu'il ne pourrait rien faire ce jour-là. A cinq heures, quand il partit déjeuner, soudain, une drôle d'idée lui passa pour la première fois par la tête : en effet, c'est lui-même peut-être qui gênait en réalité le déroulement de l'affaire en voulant se mêler au procès, en s'agitant et en ergotant dans les administrations et en poursuivant son avocat qui s'était mis à l'éviter. Son hypothèse le fit éclater d'un rire joyeux. « Si cette idée m'était venue en tête ne serait-ce qu'hier, j'en aurais été terriblement chagriné », ajouta-t-il encore plus joyeusement. Malgré cette joie il devenait de plus en plus distrait et irritable : il devint finalement pensif ; et bien que cette pensée inquiète se rattachât à beaucoup de choses, d'une manière générale rien de ce qu'il entreprenait ne réussissait.

« J'ai besoin de lui, de cet homme ! décida-t-il enfin. Il faut le percer à jour, et ensuite prendre une décision. Il s'agit d'un duel ! »

En rentrant chez lui à sept heures, il ne trouva pas Pavel Pavlovitch : il fut extrêmement surpris, puis en colère et finalement abattu ; enfin, il se mit à avoir peur. « Dieu sait, Dieu sait comment cela va se terminer ! » répétait-il, soit en arpentant la pièce, soit en s'étendant sur le divan et en ne cessant de regarder sa montre. Aux alentours de neuf heures, Pavel Pavlovitch apparut enfin. « Si cet homme a joué les malins, il vaudrait mieux qu'il ne me joue pas un tour maintenant, tant je suis de mauvaise humeur », pensa-t-il, soudain tout à fait réconforté et terriblement joyeux.

A la question, posée sur un ton vif et joyeux, sur la raison pour laquelle il s'était fait attendre si longtemps, Pavel Pavlovitch eut un sourire grimaçant et désinvolte, bien différent en cela de la veille; il s'installa et lança avec une certaine négligence son chapeau avec le crêpe sur une autre chaise. Veltchaninov remarqua tout de suite cette désinvolture et la prit en compte.

Calmement et sans mots superflus, sans l'émotion de la veille, il lui raconta, comme s'il faisait un rapport, comment il avait emmené Liza, comment on l'avait gentiment accueillie là-bas, à quel point cela lui serait utile, et peu à peu, comme s'il avait complètement oublié Liza, il se mit imperceptiblement à parler exclusivement des Pogoreltsev, comment ils étaient des gens charmants, comment il les connaissait depuis longtemps, comment Pogoreltsev était un homme bon et même influent, et ainsi de suite. Pavel Pavlovitch écoutait d'une oreille distraite et jetait parfois un œil torve sur le narrateur, accompagné d'un ricanement hargneux et fripon.

— Vous êtes quelqu'un d'impétueux, marmonna-t-il en souriant de façon ignoble.

— Sapristi, comme vous êtes hargneux aujourd'hui, remarqua Veltchaninov dépité.

— Mais pourquoi ne pourrais-je pas être hargneux, comme tous les autres? s'empressa soudain de dire Pavel Pavlovitch comme s'il surgissait de l'ombre; c'était même comme s'il attendait ce moment-là pour bondir.

— C'est comme il vous plaira, ricana Veltchaninov, je me suis demandé s'il ne vous était pas arrivé quelque chose.

— Eh bien oui, il m'est arrivé quelque chose! s'écria l'autre, comme en se vantant de ce qui lui était arrivé.

— De quoi s'agit-il?

Pavel Pavlovitch fit un peu attendre sa réponse :

— Eh bien voilà, c'est notre Stépane Mikhaïlovitch qui fait des siennes... Bagaoutov, notre jeune et très élégant Pétersbourgeois, cet homme de la plus haute société.

— Une fois encore on ne vous a pas reçu, non?

— Si, justement cette fois on m'a reçu, pour la première fois on m'a admis, et j'ai contemplé ses traits... seulement c'étaient ceux d'un mort!...

— Quoi! Bagaoutov est mort? s'écria terriblement étonné Veltchaninov, bien que, semble-t-il, il n'ait pas eu lieu de s'étonner ainsi.

— Oui! Un indéfectible ami de six années! Ce n'est qu'hier, juste avant midi, qu'il est mort, et je ne le savais pas! Et je passais juste à ce moment-là, sans doute, pour prendre des nouvelles de sa santé. Demain ont lieu la levée du corps et l'enterrement, il repose déjà dans son cercueil. Le cercueil est garni de velours cramoisi orné de galons dorés... il est mort d'une fièvre chaude. On m'a admis, on m'a admis, j'ai contemplé ses traits! J'ai déclaré en entrant que je me considérais comme un véritable ami, et c'est pourquoi on m'a admis. Qu'est-ce qu'il s'est permis de faire maintenant, cet indéfectible ami de six années, je vous le demande? C'est peut-être uniquement pour lui que je suis venu à Pétersbourg!

— Mais pourquoi êtes-vous fâché contre lui? dit en souriant Veltchaninov. Il n'a quand même pas fait exprès de mourir!

— Mais je dis cela avec des regrets; un ami si précieux; voilà ce qu'il signifiait pour moi.

Et soudain Pavel Pavlovitch, de façon tout à fait inattendue, fit avec deux doigts des cornes au-dessus de sa tête chauve et se mit à ricaner doucement, longuement. Il resta assis comme cela, avec des cornes, en ricanant, une bonne demi-minute, avec l'ivresse d'une insolence extrêmement acerbe en regardant Veltchaninov dans les yeux. Celui-ci fut stupéfait, comme s'il voyait un fantôme. Mais sa stupeur ne dura qu'un tout petit instant; un sourire ridicule et calme au point d'être insolent se dessina lentement sur ses lèvres.

— Qu'est-ce que cela signifiait? demanda-t-il avec un air dégagé, en détachant les mots.

— Cela signifiait des cornes, dit brusquement Pavel Pavlovitch, en retirant enfin les doigts de son front.

— Comment ça... vos cornes?

— Les miennes, noblement acquises! dit Pavel Pavlovitch en grimaçant de nouveau avec beaucoup de hargne.

Tous les deux se turent.

— Quand même, vous êtes quelqu'un de courageux! dit Veltchaninov.

— Vous dites cela parce que je vous ai montré des cornes? Vous savez, Alexéï Ivanovitch, ne feriez-vous pas mieux de m'offrir quelque chose? Je vous ai régalé à T. une année entière, chaque jour que Dieu faisait... Faites donc chercher une petite bouteille, j'ai la gorge sèche.

— Volontiers, que ne le disiez-vous plus tôt? Qu'est-ce que vous voulez?

— Mais pourquoi *vous*, dites *nous*; nous boirons ensemble, n'est-ce pas? dit Pavel Pavlovitch qui le regardait dans les yeux avec défi, mais aussi avec une étrange inquiétude.

— Du champagne?

— Sinon quoi? Nous n'en sommes pas encore à la vodka...

Veltchaninov se leva sans se presser, sonna Mavra en bas et lui donna ses instructions.

— Au plaisir de notre joyeuse rencontre, après neuf ans de séparation, dit Pavel Pavlovitch en s'accompagnant de ricanements inutiles et mal venus ; maintenant il n'y a que vous, et vous seul qui soyez pour moi un véritable ami ! Stépane Mikhaïlovitch Bagaoutov n'est plus ! Comme dit le poète :

Le grand Patrocle n'est plus,
Le méprisable Thersite est vivant !

Et au nom de « Thersite » il ficha son doigt dans sa poitrine.

« Espèce de porc, tu pourrais t'expliquer plus vite, je n'aime pas les allusions », songeait Veltchaninov. Il bouillait de hargne, et depuis longtemps il se retenait à peine.

— Eh bien dites-moi, commença-t-il avec un air dépité, si vous accusez si directement Stépane Mikhaïlovitch (il ne se contentait plus maintenant de l'appeler Bagaoutov), vous devriez, me semble-t-il, ressentir de la joie à l'idée que votre offenseur est mort ; pourquoi êtes-vous hargneux ?

— Quelle joie pourrais-je ressentir ? Pourquoi donc de la joie ?

— Si j'en juge d'après vos sentiments.

— Hé ! hé ! Sur ce plan, pour ce qui est de mes sentiments, vous vous trompez, comme dit le sage : « L'ennemi mort est bon, mais vivant il est encore meilleur », hi ! hi !

— Mais vous l'avez vu vivant près de cinq ans, je pense, tous les jours vous l'avez vu, vous aviez le temps de vous en repaître, remarqua méchamment et avec insolence Veltchaninov.

— Mais est-cè qu'alors... est-ce qu'alors je le savais ? dit soudain Pavel Pavlovitch en se déchaînant, comme s'il surgissait de nouveau de l'ombre, éprouvant même une sorte de joie, semble-t-il, qu'on lui ait enfin posé la question qu'il attendait depuis si longtemps. Pour qui, Alexéï Ivanovitch, me prenez-vous donc ?

Et dans son regard brilla soudain une expression tout à fait nouvelle et inattendue, qui paraissait complètement remodeler son visage hostile qui jusqu'à présent ne faisait que grimacer vilement.

— Mais est-il possible que vous n'ayez rien su ! dit Veltchaninov consterné et soudain stupéfait.

— Comment l'aurais-je donc su ? Hein, j'aurais dû le savoir ! Ô race de nos Jupiter ! Pour vous un individu c'est comme un chien, et vous jugez de tout selon votre propre petite nature minable ! Voilà ! Avalez ça ! Et il frappa son poing sur la table en fureur ; mais il fut tout de suite effrayé par son geste et regarda même apeuré.

Veltchaninov se redressa.

— Écoutez, Pavel Pavlovitch, peu m'importe, reconnaissez-le vous-même, que vous l'ayez su ou que vous ne l'ayez pas su ! Si vous ne le saviez pas, cela vous fait en tout cas honneur, bien que... d'ailleurs, je ne comprends pas, malgré tout, pourquoi vous m'avez choisi comme confident...

— Cela ne vous concerne pas... ne vous fâchez pas, cela ne vous concerne pas... bredouilla Pavel Pavlovitch, les yeux baissés à terre.

Mavra entra avec le champagne.

— Le voilà, s'écria Pavel Pavlovitch, visiblement content de cette issue. Des verres, la mère, des verres ; c'est merveilleux ! On ne vous demandera rien de plus, ma bonne. Et il est déjà débouché ? Honneur et gloire à vous, gente créature ! Allez, filez !

Et une fois encore encouragé, il regarda de nouveau Veltchaninov avec insolence.

— Et avouez, dit-il en ricanant soudain, que vous êtes terriblement curieux de tout cela, et qu'en aucune façon cela ne vous « importe pas », comme vous avez bien voulu me le dire, de sorte que vous seriez bien chagriné si je me levais et si je partais sur-le-champ sans rien vous avoir expliqué.

— Vraiment, je ne serais pas chagriné.

« Oh, tu mens ! » disait le sourire de Pavel Pavlovitch.

— Allez, attaquons ! (Et il versa le vin dans les verres.) Portons un toast, proclama-t-il en levant son verre, à la santé de notre ami Stépane Mikhaïlovitch qui repose en Dieu !

Il leva son verre et but.

— Je ne boirai pas à cela, dit Veltchaninov en reposant son verre.

— Et pourquoi ? C'est un petit toast agréable.

— Dites-moi : en venant ici, vous étiez ivre ou pas ?

— J'ai bu un petit peu. Et alors ?

— Rien de spécial, mais il m'a semblé qu'hier et particulièrement ce matin vous aviez un regret sincère pour la défunte Natalia Vassiliévna.

— Et qui vous dit que je ne la regrette pas sincèrement maintenant également ? dit Pavel Pavlovitch qui bondit aussitôt une nouvelle fois, comme si l'on tirait sur un ressort.

— Ce n'est pas ce que je veux dire ; mais reconnaissez vous-même que vous avez pu vous tromper en ce qui concerne Stépane Mikhaïlovitch, et c'est une affaire importante.

Pavel Pavlovitch eut un sourire rusé et cligna des yeux.

— Ah, comme vous voudriez savoir comment je l'ai su pour Stépane Mikhaïlovitch !

Veltchaninov rougit :

— Je vous le répète, une fois encore, cela m'est égal. « Ne faut-il pas le flanquer dehors immédiatement, avec sa bouteille ? » pensa-t-il en rage et il rougit encore plus.

— Ce n'est rien ! lâcha Pavel Pavlovitch comme pour le réconforter, et il se remplit encore un verre. Je vais tout de suite vous expliquer comment j'ai « tout » su, et je vais ainsi satisfaire vos désirs les plus ardents... parce que vous êtes un homme ardent, Alexéï Ivanovitch, vous êtes un homme épouvantablement ardent ! Hé ! hé ! Donnez-moi seulement une petite cigarette, parce que depuis le mois de mars je...

— Tenez, en voici une.

— Depuis le mois de mars je me suis livré à la débauche, Alexéï Ivanovitch, et voici comment tout cela s'est passé, écoutez donc ! La phtisie, comme vous le savez vous-même, mon très cher ami, — il était de plus en plus familier, — est une maladie curieuse. Bien souvent le phtisique meurt en ne soupçonnant presque pas que le lendemain il va mourir. Je vous le dis, cinq heures encore avant, Natalia Vassiliévna se disposait à se rendre chez sa chère tante une ou deux semaines plus tard, à une quarantaine de verstes. Vous êtes, en outre, probablement au courant de l'habitude ou, vaut-il mieux dire, de cette lubie partagée par de nombreuses dames, et peut-être aussi par leurs cavaliers : elles conservent toutes les vieilleries qui touchent au domaine de la correspondance amoureuse. Il serait plus sûr de la mettre au feu, n'est-ce pas ? Hé non, n'importe quel bout de papier est gardé dans des petites boîtes et est conservé soigneusement dans des nécessaires ; et même numéroté par année, par date et par catégorie. Est-ce une grosse consolation, je ne sais ; pour des souvenirs agréables sans doute. En se disposant cinq heures avant sa fin à se rendre à une fête chez sa tante, Natalia Vassiliévna n'avait naturellement pas la moindre idée de sa mort, même jusqu'à sa dernière heure, et elle attendait toujours Koch. Et puis il advint que Natalia Vassiliévna mourut, et elle laissa dans son bureau un petit coffret en ébène, avec des incrustations de nacre et d'argent. Un bien joli petit coffret, avec une clé, un objet de famille, elle le tenait de sa grand-mère. Eh bien, dans ce petit coffret tout a été découvert, je veux dire tout sans la moindre exception, classé par jour et par année durant deux décennies entières. Et comme Stépane Mikhaïlovitch avait une vive propension à la littérature, — il a même envoyé une nouvelle passionnée à une revue, — dans ce petit coffret se trouvaient presque une centaine d'exemplaires avec des annotations de la main même de Natalia Vassiliévna. C'est agréable pour un mari, qu'en pensez-vous ?

Veltchaninov réunit rapidement ses esprits et se souvint qu'il n'avait jamais envoyé une seule lettre, un seul mot à Natalia Vassiliévna. Et bien qu'il ait écrit de Pétersbourg deux lettres, elles étaient au nom des deux époux, comme il avait été convenu. A la dernière lettre de Natalia Vassiliévna, où lui était notifiée sa destitution, il n'avait pas répondu.

Une fois le récit terminé, Pavel Pavlovitch se tut une bonne minute, en souriant de façon gênante et insistante.

— Pourquoi n'avez-vous donc pas répondu à ma petite question ? lâcha-t-il finalement avec une douleur évidente.

— A quelle petite question ?

— Eh bien au sujet des sentiments agréables d'un époux qui découvre ce petit coffret.

— Oh, en quoi cela pourrait-il bien me concerner ? répliqua avec fiel Veltchaninov qui fit un geste de la main et se leva pour arpenter la pièce.

— Je parie que vous pensez maintenant : « Tu es un cochon d'avoir ainsi montré que tu avais des cornes », hé ! hé ! Un... un individu absolument immonde, n'est-ce pas ?

— Cela ne m'est pas venu à l'esprit. Au contraire, vous êtes trop excité par la mort de votre offenseur et vous avez en outre bu beaucoup de vin. Je ne vois dans tout cela rien d'extraordinaire : je comprends trop bien pour quelle raison vous avez besoin d'un Bagaoutov vivant, et je suis prêt à respecter votre dépit ; mais...

— Mais dans quel but avais-je besoin de Bagaoutov, d'après vous ?

— C'est votre affaire.

— Je parie que vous sous-entendez un duel ?

— Que le diable vous emporte ! éclata Veltchaninov qui pouvait de moins en moins se contenir. Je pensais que n'importe quel honnête homme... dans un cas pareil, ne s'abaisserait pas à un bavardage comique, à des grimaces stupides, à des plaintes ridicules et à des allusions ignobles, avec lesquelles il se salit encore plus lui-même, mais qu'il agirait clairement, directement, ouvertement, comme un honnête homme !

— Hé ! hé ! peut-être ne suis-je pas un honnête homme ?

— C'est encore une fois votre affaire... mais au fait, pourquoi diable aviez-vous besoin après tout cela que Bagaoutov soit vivant ?

— Ne serait-ce que pour voir un cher ami. On aurait pris ensemble une petite bouteille et on l'aurait bue ensemble.

— Il n'aurait pas bu avec vous.

— Pourquoi ? *Noblesse oblige* * ? Vous buvez bien avec moi, vous ; en quoi est-il meilleur que vous ?

* En français dans le texte.

— Je n'ai pas bu avec vous.

— Pourquoi une telle fierté soudain ?

Veltchaninov éclata soudain d'un rire nerveux et irrité :

— Par tous les diables ! Vous êtes décidément du genre « rapace » ! Je pensais que vous n'étiez qu'un « éternel mari », et rien de plus !

— Comment ça, un « éternel mari », qu'est-ce que c'est ? interrogea Pavel Pavlovitch dont les oreilles étaient à l'affût.

— C'est ainsi, c'est un certain type de mari... c'est long à raconter. Vous feriez mieux de filer, et il est temps ; j'en ai assez de vous !

— Et le genre « rapace », qu'est-ce que c'est ? Vous avez dit « rapace » ?

— J'ai dit que vous étiez du genre « rapace », je vous l'ai dit pour rire.

— Ça veut dire quoi du genre « rapace » ? Dites-moi, Alexéï Ivanovitch, pour l'amour de Dieu, ou pour l'amour du Christ.

— Oh mais ça suffit, ça suffit ! s'écria Veltchaninov qui était soudain redevenu furieux, il est temps, filez !

— Non, ça ne suffit pas ! répliqua de son côté Pavel Pavlovitch, même si vous en avez assez de moi, ça ne suffit pas parce que, auparavant, nous devons boire et trinquer ensemble ! Buvons, et je partirai, mais pour le moment ça ne me suffit pas !

— Pavel Pavlovitch, pouvez-vous aujourd'hui filer à tous les diables ou pas ?

— Je peux filer au diable, mais d'abord buvons ! Vous avez dit que vous ne vouliez pas boire *avec moi* précisément ; eh bien *je veux* que vous buviez avec moi précisément !

Il ne grimaçait plus, il ne ricanait plus. Tout en lui s'était de nouveau comme transfiguré et était à ce point si contraire à toute la figure et au ton du Pavel Pavlovitch de l'instant précédent que Veltchaninov en était absolument atterré.

— Allons, buvons, Alexéï Ivanovitch, allons ne refusez pas ! poursuivit Pavel Pavlovitch en le saisissant fermement par la main et en regardant son visage de façon étrange. Visiblement il ne s'agissait pas seulement de boire.

— Bon, d'accord, grommela l'autre ; pouah ! c'est de la lavasse...

— Il reste exactement deux verres, c'est de la vraie lavasse, mais buvons et trinquons ! Voilà, ayez la gentillesse de prendre votre verre.

Ils trinquèrent et ils burent.

— Eh bien, si c'est ainsi, si c'est ainsi... Ah !... Pavel Pavlovitch posa soudain une main sur son front et demeura dans cette position quelques instants. Veltchaninov crut qu'il allait tout de suite proférer son *dernier* mot. Mais Pavel Pavlovitch ne proféra rien; il se contenta de le regarder et puis lentement, de toute sa bouche, il sourit de nouveau de son habituel sourire plein de ruse, alors que ses yeux clignaient.

— Que voulez-vous de moi, vous êtes un ivrogne! Vous voulez me duper! s'écria en fureur Veltchaninov qui trépignait.

— Ne criez pas, ne criez pas, à quoi sert de crier? dit Pavel Pavlovitch en faisant un geste brusque de la main. Je ne vous dupe pas, je ne vous dupe pas! Savez-vous ce que maintenant vous êtes devenu pour moi, eh bien voilà.

Il lui prit soudain la main et la baisa. Veltchaninov n'avait pas eu le temps de se rendre compte.

— Voilà ce que vous êtes pour moi! Et maintenant, je vais à tous les diables!

— Attendez, restez! s'écria Veltchaninov qui reprenait ses esprits. J'ai oublié de vous dire que...

Pavel Pavlovitch revint de l'entrée.

— Voyez-vous, bredouilla Veltchaninov extrêmement vite, il rougissait et regardait de côté, il faut absolument que vous soyez demain chez les Pogoreltsev... pour faire leur connaissance et les remercier, absolument...

— Absolument, absolument, comment ne pas comprendre! reprit Pavel Pavlovitch avec une bonne volonté extrême en faisant un geste rapide de la main, pour montrer qu'il n'était pas nécessaire de le lui rappeler.

— Et en outre Liza ne cesse de vous attendre. J'ai promis...

— Liza, dit Pavel Pavlovitch en revenant soudain, Liza? Savez-vous ce que Liza a été pour moi, ce qu'elle a été et ce qu'elle est? Ce qu'elle a été et ce qu'elle est, s'écria-t-il soudain presque en rage, mais... Bah! Cela c'est pour plus tard; plus tard il y aura tout... mais pour le moment, cela ne me suffit pas d'avoir bu avec vous, Alexéï Ivanovitch, j'ai absolument besoin d'une autre satisfaction!...

Il posa son chapeau sur une chaise et, comme tout à l'heure, il le regarda en haletant légèrement.

— Embrassez-moi, Alexéï Ivanovitch, proposa-t-il soudain.

— Vous êtes ivre! s'écria-t-il en reculant.

— Oui, mais malgré tout embrassez-moi, Alexéï Ivanovitch, hein, embrassez-moi! J'ai bien baisé votre main tout à l'heure!

Alexéï Ivanovitch se tut quelques instants, comme s'il avait reçu un coup de gourdin sur la tête. Il se pencha soudain vers Pavel Pavlovitch qui lui arrivait à l'épaule et l'embrassa sur sa bouche qui sentait le vin. Il n'était pas tout à fait sûr, d'ailleurs, de l'avoir embrassé.

— Bon, maintenant, maintenant... cria de nouveau dans une

rage d'ivrogne Pavel Pavlovitch, dont les yeux ivres brillaient, maintenant voici : j'ai alors pensé : « Est-il possible que lui aussi ? Si c'est ainsi, je pense, si lui aussi, alors qui croire après cela ! »

Pavel Pavlovitch eut soudain les yeux pleins de larmes.

— Est-ce que vous comprenez quel ami vous êtes resté pour moi maintenant ?!

Et il se précipita hors de la pièce en courant, son chapeau à la main. Veltchaninov resta quelques minutes sur place, comme après la première visite de Pavel Pavlovitch.

« Hé ! c'est une espèce de bouffon ivrogne, et rien de plus ! » pensa-t-il en faisant un geste de la main.

« Absolument rien de plus ! » confirma-t-il énergiquement, quand il se fut déshabillé pour se coucher.

8

LIZA EST MALADE

Le lendemain matin Veltchaninov faisait les cent pas dans la pièce et sirotait son café en attendant Pavel Pavlovitch qui avait promis de ne pas être en retard pour aller chez les Pogoreltsev ; il fumait et sans cesse prenait conscience de ressembler à quelqu'un qui s'est réveillé le matin et qui à tout instant se rappelle la façon dont il a reçu la veille une gifle. « Hum... il comprend trop bien en quoi consiste l'affaire et il va se venger pour Liza ! » pensait-il effrayé.

La chère image de la pauvre enfant apparut tristement devant lui. Son cœur se mit à battre encore plus fort à l'idée qu'aujourd'hui même, bientôt, dans deux heures, il verrait de nouveau sa Liza. « Hé, qu'y a-t-il à dire ici ? trancha-t-il fébrilement, c'est là maintenant que sont toute ma vie et tout mon but ! Que viennent faire ici toutes ces gifles et ces souvenirs ?... Et dans quel but ai-je seulement vécu jusqu'à présent ? Le désordre et la tristesse... et maintenant tout est différent, tout est changé ! »

Mais malgré son enthousiasme, il était de plus en plus perdu dans ses pensées.

« Il me fait souffrir avec Liza, c'est clair ! Et il fait souffrir Liza. Voilà jusqu'où il ira avec moi, pour *tout*. Hum... sans aucun doute je ne peux permettre qu'il fasse des sorties comme hier ; il rougit soudain, et... et, cependant, il ne vient pas et il est déjà onze heures passées ! »

Il attendit longtemps, jusqu'à midi et demi, et son angoisse grandissait de plus en plus. Pavel Pavlovitch n'apparaissait pas. Enfin, l'idée qui avait germé en lui selon laquelle il ferait exprès de ne pas venir, uniquement pour faire encore une sortie comme hier, finit par l'irriter : « Il sait que je dépends de lui, et que va-t-il se passer avec Liza ? Comment vais-je me présenter devant elle sans lui ? »

Enfin il n'y tint plus et exactement à une heure de l'après-midi il partit seul en fiacre à Pokrov. A la pension on lui déclara que

Pavel Pavlovitch n'avait pas passé la nuit chez lui et qu'il était venu seulement ce matin vers neuf heures, qu'il était resté en tout et pour tout un petit quart d'heure et était reparti. Veltchaninov était près de la porte de la chambre de Pavel Pavlovitch, écoutait la femme de chambre qui lui parlait et il tournait machinalement la poignée de la porte fermée à clé, en la forçant. Il reprit ses esprits et cracha, lâcha la serrure et demanda qu'on l'emmène chez Maria Syssoïévna. Mais celle-ci, qui l'avait entendu, sortit d'elle-même sans se faire prier.

C'était une brave bonne femme, « une bonne femme pourvue de nobles sentiments », comme s'exprima à son propos Veltchaninov quand il transmit par la suite cette conversation à Klavdia Pétrovna. Après avoir brièvement raconté comment il avait amené la veille une « fille », Maria Syssoïévna entreprit tout de suite de lui parler de Pavel Pavlovitch. D'après ce qu'elle disait, s'il n'y avait pas eu l'enfant, elle l'aurait mis dehors. Il était venu ici car on l'avait déjà mis à la porte d'un hôtel parce qu'il y avait fait beaucoup de scandales. « Eh bien, est-ce que ce n'est pas un péché d'amener une fille la nuit alors qu'il y a une enfant qui a de la raison ? Il a crié : "Celle-là, elle sera ta mère, si je le veux !" Eh bien, croyez-le si vous voulez, c'est une sacrée gamine, car la petite, elle lui a craché en pleine gueule. Alors l'autre il a crié : "Tu n'es pas, qu'il a dit, une fille pour moi, mais une bâtarde de p..." »

— Quoi ? dit effaré Veltchaninov.

— C'est comme je vous le dis. C'est peut-être un ivrogne, mais c'est comme s'il n'avait pas toute sa raison, et même en présence de l'enfant il n'est pas comme il faut ; elle a beau être toute jeunette, dans sa tête elle comprend bien ce qui se passe ! La gamine elle pleure, et qu'est-ce qu'elle a souffert, je le vois bien. Et l'autre jour il y a eu un scandale dans la maison : un commissaire, à ce qu'on a dit, avait pris une chambre à l'hôtel, et le matin il s'est pendu. On a dit qu'il avait dilapidé son argent. Les gens ont accouru, Pavel Pavlovitch n'était pas chez lui et la gamine se promenait sans surveillance ; et je la vois qui était là, dans le couloir, au milieu de la foule et qui regardait entre les gens ; et comment qu'elle regardait le pendu ! Je l'ai écartée de là le plus vite que j'ai pu. Et qu'est-ce que vous croyez, elle était toute prise de tremblements, toute noire, et à peine je l'avais ramenée qu'elle s'est écroulée, comme ça. Je lui ai donné des claques et des claques, et j'ai eu bien du mal à la réveiller. Mon ami, je crois bien que c'est à ce moment-là qu'elle est tombée malade. Quand il est arrivé et qu'il a appris ce qui s'était passé, il s'est mis à la pincer de partout, parce qu'il ne la bat pas, non, mais il la pince toujours plus ; et puis une fois qu'il a pris une bonne cuite avec son pinard, il a remis ça pour lui faire peur : « Je vais aussi me pendre, qu'il lui a dit, je vais me pendre à cause de toi ; tiens voilà, qu'il lui a dit, avec ce cordon, je vais me pendre au store » ; et il s'est mis à faire un nœud, devant elle. Quant à la gamine elle était éperdue, elle criait, elle l'entourait de ses petits bras : « Je ne le ferai plus, qu'elle criait, je ne le ferai plus jamais ! » Si c'est pas pitié !

Bien que Veltchaninov se soit attendu à quelque chose de très étrange, il fut si frappé par ces récits qu'il ne les crut même pas. Maria Syssoïévna en raconta encore beaucoup d'autres : par exemple, une fois, si Maria Syssoïévna n'avait pas été là, Liza se serait peut-être jetée par la fenêtre. Lui, il était sorti de sa chambre complètement soûl. « Je vais le tuer avec une canne, comme un chien, sur la tête ! » délirait-il. Et longtemps encore il ressassa tout cela.

Il loua un fiacre et se rendit chez les Pogoreltsev. Avant même de sortir de la ville le fiacre fut contraint de s'arrêter à un carrefour, près d'un petit pont qui traversait un canal, sur lequel passait une longue procession funèbre. Les équipages qui attendaient encombraient les deux côtés du pont ; les gens aussi s'arrêtaient. Les funérailles étaient opulentes et le convoi des fiacres qui suivaient était très long ; et c'est alors que dans la portière d'un des fiacres qui suivaient le visage de Pavel Pavlovitch apparut soudain à Veltchaninov. Il n'en aurait pas cru ses yeux si Pavel Pavlovitch ne s'était lui-même penché par la portière et ne lui avait pas fait un signe en souriant. Il était à l'évidence terriblement content d'avoir reconnu Veltchaninov ; il s'était même mis à faire des signes depuis le fiacre. Veltchaninov était sorti en bondissant et, malgré les encombrements, les sergents de ville, et bien que le fiacre de Pavel Pavlovitch ait déjà pénétré sur le pont, il courut tout près de la portière. Pavel Pavlovitch était seul.

— Que vous arrive-t-il, s'écria Veltchaninov, pourquoi n'êtes-vous pas venu ? Comment se fait-il que vous soyez ici ?

— Je fais mon devoir, ne criez pas, ne criez pas, je fais mon devoir, ricana Pavel Pavlovitch en clignant joyeusement des yeux, j'accompagne la dépouille mortelle d'un véritable ami, Stépane Mikhaïlovitch.

— Tout cela est absurde, vous êtes ivre, espèce de fou ! cria encore plus violemment Veltchaninov qui pour l'instant était atterré. Sortez immédiatement et venez avec moi ; tout de suite !

— Je ne peux pas, le devoir...

— Je vais vous sortir de là ! hurla Veltchaninov.

— Et moi je vais crier ! Je vais crier ! disait Pavel Pavlovitch en ricanant avec le même enjouement, comme s'il jouait avec son interlocuteur, mais en se cachant, malgré tout, au fond de son fiacre.

— Attention, attention, on va vous écraser ! cria un sergent de ville. En effet, à la sortie du pont un fiacre venu d'ailleurs avait coupé le convoi en alarmant tout le monde. Veltchaninov fut forcé de faire un bond pour s'écarter ; d'autres équipages et les gens l'entraînèrent tout de suite plus loin. Il cracha et se fraya un chemin vers son fiacre.

« Il n'y a rien à faire ; de toute façon il n'est pas possible de l'emmener dans l'état où il est ! » pensa-t-il alors que l'étonnement continuait de l'angoisser.

Quand il fit part à Klavdia Pétrovna du récit de Maria Syssoïévna et de l'étrange rencontre lors des funérailles, elle devint pensive : « J'ai peur pour vous, lui dit-elle, vous devez rompre toute relation avec lui, et le plus vite sera le mieux. »

— C'est un bouffon ivrogne, et rien de plus ! cria Veltchaninov emporté, et je devrais avoir peur de lui ! Et comment pourrais-je rompre les relations alors que Liza est ici ? Souvenez-vous de Liza !

Pendant ce temps Liza était couchée et malade ; la veille au soir elle avait commencé à avoir de la fièvre et on attendait un célèbre médecin de la ville qu'on avait envoyé chercher exprès dès l'aube. Tout cela affecta définitivement Veltchaninov. Klavdia Pétrovna le conduisit chez la malade.

— Je l'ai observée de très près hier, remarqua-t-elle, en s'arrêtant devant la chambre de Liza ; c'est une enfant fière et morose ; elle a honte d'être chez nous et de ce que son père l'ait ainsi abandonnée ; voilà, je pense, en quoi consiste toute sa maladie.

— Comment, abandonnée ? Pourquoi pensez-vous qu'il l'ait abandonnée ?

— Le seul fait qu'il l'ait laissée partir ici, dans une maison complètement inconnue, et avec quelqu'un... qui est presque un inconnu aussi ou dans des relations telles que...

— Mais c'est moi-même qui l'ai prise, je l'ai prise de force ; je ne trouve pas...

— Ah, mon Dieu, mais c'est Liza, c'est une enfant, c'est elle qui pense cela ! Simplement je crois qu'il ne viendra jamais.

Liza ne fut pas surprise de voir Veltchaninov seul ; elle eut seulement un sourire douloureux et tourna vers le mur sa tête brûlante de fièvre. Elle ne répondait pas aux timides consolations et aux promesses ardentes de Veltchaninov de lui amener sans faute le lendemain son père. En sortant de chez elle il se mit soudain à pleurer.

Le médecin arriva seulement dans la soirée. Après avoir examiné la malade, il effraya tout le monde dès ses premiers mots quand il remarqua qu'on avait eu tort de ne pas le faire venir plus tôt. Quand on lui déclara que la malade ne se sentait pas bien depuis la veille au soir seulement, il commença par ne pas le croire. « Tout dépend de la façon dont elle passera cette nuit », décida-t-il pour finir; et, après avoir donné ses instructions, il partit en promettant de revenir le lendemain le plus tôt possible. Veltchaninov aurait absolument voulu rester pour la nuit; mais Klavdia Pétrovna finit par obtenir de lui qu'il « tente une fois encore d'amener ici ce monstre ».

— Encore une fois? répliqua en rage Veltchaninov. Maintenant je vais l'attacher et l'emmener dans mes bras!

L'idée d'attacher Pavel Pavlovitch et de l'emmener dans ses bras émergea soudain en lui avec une extrême irritation. « En rien, en rien je ne me sens maintenant coupable devant lui! dit-il à Klavdia Pétrovna en lui disant au revoir. Je renie tous les mots vils, pleurnichards que j'ai dits ici hier! » ajouta-t-il indigné.

Liza était couchée les yeux fermés et visiblement elle dormait; elle semblait aller mieux. Quand Veltchaninov se pencha prudemment vers son petit visage afin d'embrasser, en partant, ne serait-ce que le bord de ses vêtements, elle ouvrit soudain les yeux, comme si elle l'attendait, et elle murmura : « Emmenez-moi! »

C'était une demande tranquille, douloureuse, sans la moindre nuance de la nervosité de la veille, mais en même temps on percevait qu'elle semblait être tout à fait sûre qu'en aucune façon on n'exaucerait sa demande. Dès que Veltchaninov, qui était complètement désespéré, entreprit de lui affirmer que c'était impossible, elle ferma calmement les yeux et ne prononça plus un mot, comme si elle ne l'écoutait pas et ne le voyait pas.

Une fois en ville, il se fit directement conduire à Pokrov. Il était déjà dix heures; Pavel Pavlovitch n'était pas dans sa chambre. Veltchaninov l'attendit une bonne demi-heure, en faisant les cent pas dans le couloir avec une nervosité maladive. Maria Syssoïévna lui assura pour finir que Pavel Pavlovitch ne rentrerait sans doute qu'à l'aube. « Eh bien, je viendrai à l'aube », décida Veltchaninov qui se rendit chez lui exaspéré.

Mais quelle ne fut pas sa surprise quand il entendit de Mavra, alors qu'il n'était pas encore chez lui, que son hôte de la veille l'attendait depuis neuf heures.

« Il a bu du thé chez nous, et puis il a fait chercher de nouveau du vin, et il m'a donné un billet bleu [1] pour cela. »

1. Un billet de 5 roubles.

9

UNE VISION

Pavel Pavlovitch s'était installé extrêmement confortablement. Il était assis sur la même chaise que la veille, se fumait des cigarettes et venait de se verser le quatrième et dernier verre de la bouteille. La théière et un verre avec un reste de thé étaient juste à côté de lui sur la table. Son visage cramoisi était lumineux de placidité. Il s'était mis dans une tenue d'été, avait ôté son habit et était assis en gilet.

— Excusez-moi, mon très fidèle ami ! cria-t-il en apercevant Veltchaninov et en se redressant pour remettre son habit ; je l'ai ôté pour mieux jouir de l'instant...

Veltchaninov se rapprocha de lui l'air menaçant.

— Vous n'êtes pas encore complètement ivre ? Est-ce qu'on peut encore vous parler ?

Pavel Pavlovitch était stupéfait.

— Non, pas complètement... Je me souvenais de la défunte, mais je ne suis pas complètement...

— Est-ce que vous pouvez me comprendre ?

— Je suis venu précisément pour vous comprendre.

— Bon, eh bien je vous dirai sans ambages que vous êtes un bon à rien ! s'écria Veltchaninov d'une voix brisée.

— Si vous commencez ainsi, comment finirez-vous ? allait vaguement protester Pavel Pavlovitch qui avait visiblement peur, mais Veltchaninov criait sans l'écouter.

— Votre fille est en train de mourir, elle est malade ; est-ce que vous l'avez abandonnée, oui ou non ?

— Elle est vraiment en train de mourir ?

— Elle est malade, malade, extrêmement gravement malade !

— Ce ne sont peut-être que de petites crises...

— Ne dites pas de bêtises ! Elle est extrê-me-ment malade ! Vous devez y aller, ne serait-ce que pour...

— Pour exprimer toute ma reconnaissance, ma reconnaissance pour leur hospitalité ! Je ne comprends que trop bien ! Alexéï Ivanovitch, mon cher, mon très cher, il saisit soudain sa main de ses deux mains et avec la cordialité d'un ivrogne, presque avec des larmes, comme implorant le pardon, il vociféra avec des sanglots dans la voix : Alexéï Ivanovitch, ne criez pas ! Si je mourais, si je me jetais maintenant dans la Néva, ivre comme je suis, qu'est-ce que cela apporterait, qu'est-ce que ça voudrait dire dans l'état actuel des choses ? Et pour ce qui est d'aller chez monsieur Pogoreltsev nous avons bien le temps...

Veltchaninov se ressaisit et arriva à se contenir un peu.

— Vous êtes ivre, et c'est la raison pour laquelle je ne comprends pas le sens de vos paroles, remarqua-t-il sévèrement ; je suis toujours prêt à m'expliquer avec vous et je serais même content de le faire au plus vite... J'allais justement... Mais avant tout, sachez que je prends des mesures : vous devez passer la nuit chez moi ce soir ! Demain matin je vous emmène. Je ne vous lâcherai pas ! hurla-t-il de nouveau, je vous attacherai et je vous emmènerai dans mes bras !... Ce divan vous convient-il ? lui demanda-t-il en lui indiquant, en haletant, un divan large et moelleux qui se trouvait en face du divan où il dormait lui-même, près de l'autre mur.

— Je vous en prie, n'importe où je...

— Pas n'importe où, mais sur ce divan ! Tenez, voici un drap, une couverture, un oreiller (Veltchaninov sortit tout cela d'une armoire et il lança tout à la hâte vers Pavel Pavlovitch qui tendait les bras) : faites immédiatement le lit, im-mé-dia-te-ment !

Pavel Pavlovitch les bras chargés était debout au milieu de la pièce comme indécis, avec un long sourire d'ivresse sur son visage d'ivrogne ; mais quand Veltchaninov réitéra son cri il alla à toutes jambes s'exécuter, écarta la table et tout essoufflé se mit à déplier le drap et à l'étaler. Veltchaninov s'approcha pour l'aider ; il était assez satisfait de l'obéissance et de l'effroi de son invité.

— Finissez de boire votre verre et couchez-vous, lui ordonna-t-il de nouveau ; il sentait qu'il ne pouvait pas ne pas donner des ordres ; c'est vous-même qui avez fait chercher du vin ?

— Moi-même, pour le vin... Je savais, Alexéï Ivanovitch, que vous n'en feriez pas chercher d'autre.

— C'est bien que vous le sachiez, mais il faut que vous en sachiez plus. Je vous déclare une fois encore que maintenant j'ai pris des mesures : je ne supporterai plus vos grimaces, je ne supporterai plus vos baisers d'ivrogne comme hier !

— En effet, moi-même, Alexéï Ivanovitch, je comprends que cela n'a été possible qu'une seule fois, dit Pavel Pavlovitch avec un sourire malicieux.

Après avoir entendu la réponse, Veltchaninov, qui marchait dans la chambre, s'était soudain presque triomphalement arrêté devant Pavel Pavlovitch.

— Pavel Pavlovitch, parlez franchement ! Vous êtes intelligent, je le reconnais de nouveau, mais je vous assure que vous faites fausse route ! Parlez franchement, agissez franchement et je vous donne ma parole d'honneur que je répondrai à tout ce que vous souhaitez !

Pavel Pavlovitch eut de nouveau son long sourire malicieux qui suffisait à tant mettre en rage Veltchaninov.

— Halte-là ! s'écria-t-il de nouveau. Ne faites pas semblant, je lis en vous ! Je le répète : je vous donne ma parole d'honneur que je suis prêt à répondre sur *tout*, et vous recevrez toute satisfaction possible, c'est-à-dire tout ce que vous voulez, même ce qui est impossible ! Oh ! comme je souhaiterais que vous me compreniez !...

— Si vous êtes si bon, répondit Pavel Pavlovitch en s'approchant prudemment de lui, eh bien j'aimerais bien savoir ce que vous entendiez hier par « rapace » !...

Veltchaninov cracha et se remit à arpenter la pièce, mais plus vite encore.

— Non, Alexéï Ivanovitch, ne crachez pas, parce que cela m'intéresse beaucoup et je suis précisément venu vérifier... J'ai la langue qui se lie mal, mais vous me pardonnerez. J'ai lu moi-même dans une revue quelque chose au sujet du genre « rapace » et du genre « pacifique », dans les pages consacrées à la critique, je m'en suis souvenu ce matin... seulement j'ai oublié et, à vrai dire, je n'avais alors pas compris. Et je désirais précisément éclaircir la chose suivante : Stépane Mikhaïlovitch Bagaoutov, le défunt, à quel genre appartenait-il : « rapace » ou « pacifique » ? Où le classer ?

Veltchaninov continuait de se taire sans cesser de marcher.

— Quelqu'un du genre « rapace » est celui, répliqua-t-il en s'arrêtant soudain en rage, est cet individu qui aurait plutôt mis du poison dans le verre de Bagaoutov au moment de « boire le champagne » avec lui au nom d'une agréable rencontre, comme vous avez bu avec moi hier, et qui ne serait pas allé accompagner son cercueil au cimetière comme vous l'avez fait hier, le diable sait à cause de quelles tendances cachées, souterraines, viles et à cause de ces grimaces qui vous entachent vous-même ! Oui, vous-même !

— C'est exact, je n'aurais pas dû y aller, confirma Pavel Pavlovitch, seulement comment, cependant, vous me...

— Ce n'est pas cet homme, cria Veltchaninov en s'échauffant et en n'écoutant pas, non, ce n'est pas cet homme qui se présenterait Dieu sait comment, qui tirerait des conclusions de vérité et de justice, qui apprendrait comme une leçon son offense, qui geindrait, qui grimacerait, qui ferait des simagrées, qui serait suspendu au cou des gens et, voyez-vous, qui emploierait tout son temps à cela ! C'est vrai que vous vouliez vous pendre ? C'est vrai ?

— Dans mon ivresse peut-être, j'ai déliré que... je ne me rappelle plus. Alexéï Ivanovitch, ce n'est pas correct pour nous de verser du poison ainsi. En outre, je suis fonctionnaire, bien noté, je vais avoir un capital, et peut-être, en plus, vais-je vouloir me remarier.

— Et on vous enverra au bagne.

— Eh bien oui, et ce désagrément-là aussi ça compte, bien que de nos jours les tribunaux prennent en considération beaucoup de circonstances atténuantes. Et je voulais vous faire part, Alexéï Ivanovitch, je m'en suis souvenu tout à l'heure dans le fiacre, d'une petite histoire des plus cocasses. Vous venez de dire : « Suspendu au cou des gens ». Vous vous rappelez peut-être Sémione Pétrovitch Livtsov qui venait chez nous à T. quand vous vous y trouviez ; eh bien, son frère cadet, que l'on considère aussi comme un jeune Pétersbourgeois, travaillait à V. auprès du gouverneur et brillait également par ses nombreuses qualités. Il était une fois en discussion en société avec Goloubenko, le colonel, en présence de plusieurs dames et de la dame de son cœur, et il se considéra comme offensé, mais il ravala l'offense et la dissimula ; mais entre-temps Goloubenko lui avait soufflé la dame de son cœur pour lui demander sa main. Qu'est-ce que vous croyez ? Ce Livtsov noua des liens amicaux et sincères avec Goloubenko, fit complètement la paix et, qui plus est, insista pour être son garçon d'honneur ; il tint la couronne[1] et une fois qu'ils furent mariés il s'approcha d'eux pour les féliciter et embrasser Goloubenko : et en présence de toute la noble société, en présence du gouverneur lui-même, en habit et les cheveux frisés, il lui enfonça un couteau dans le ventre, et Goloubenko roula par terre ! Son propre garçon d'honneur, quelle honte ! Mais ce n'est pas tout ! L'essentiel est qu'une fois le couteau enfoncé il se précipita ici et là en criant : « Ah, qu'est-ce que j'ai fait ! Ah, qu'ai-je donc fait ! » ; les larmes coulent, il tremble, il se jette au cou de tout le monde, même des dames : « Ah, qu'est-ce que j'ai fait ! Ah, mais qu'est-ce que je viens de faire ! » Hé ! hé ! hé ! il l'a assassiné. Il avait sans doute des regrets pour Goloubenko ; celui-ci s'est d'ailleurs rétabli.

— Je ne vois pas pourquoi vous m'avez raconté cela, dit Veltchaninov la mine maussade.

— Tout ça pour vous dire qu'il avait bien en effet enfoncé le

1. Lors d'un mariage religieux, les garçons d'honneur tiennent une couronne au-dessus du fiancé et de la fiancée pendant toute la cérémonie.

couteau, dit en ricanant Pavel Pavlovitch ; on voit bien que ce n'est pas d'un genre d'homme qu'il s'agit, mais d'un individu morveux qui par peur va jusqu'à oublier les convenances et à se jeter au cou des dames en présence du gouverneur ; mais il l'a enfoncé, il a obtenu ce qu'il voulait ! C'est simplement pour ça.

— Fi-chez le camp au diable, hurla soudain Veltchaninov d'une voix qui n'était pas la sienne, comme si quelque chose s'était arraché en lui, fi-chez le camp avec vos immondices souterraines, vous êtes vous-même une immondice souterraine ; il vous est venu en tête l'idée de me faire peur, espèce de bourreau d'enfant, vil individu, lâche, lâche, lâche ! cria-t-il hors de lui en haletant à chaque mot.

Pavel Pavlovitch fut interloqué : même son ivresse s'enfuit ; ses lèvres se mirent à trembler :

— C'est moi, Alexéï Ivanovitch, que vous traitez de lâche, c'est vous qui m'appelez ainsi, *moi* ?

Mais Veltchaninov avait déjà repris ses esprits.

— Je suis prêt à m'excuser, répondit-il après s'être tu quelques instants dans une sombre irrésolution, mais uniquement à la condition que vous acceptiez d'agir maintenant sincèrement.

— A votre place je m'excuserais de toute façon, Alexéï Ivanovitch.

— Bon, qu'il en soit ainsi, admit Veltchaninov après s'être tu encore un petit moment, je vous présente mes excuses ; mais reconnaissez, Pavel Pavlovitch, qu'après tout cela je ne me sente en rien redevable vis-à-vis de vous, je veux dire par rapport à *toute* l'affaire, et non pas uniquement par rapport à ce qui vient de se passer.

— Peu importe, à quoi bon régler des comptes ? dit en ricanant Pavel Pavlovitch qui regardait d'ailleurs par terre.

— Si c'est ainsi, tant mieux, tant mieux ! Finissez votre vin et couchez-vous, parce que de toute façon je ne vous laisserai pas partir...

— Eh oui le vin... dit légèrement troublé Pavel Pavlovitch, lequel s'approcha cependant de la table et finit de boire son dernier verre qui était rempli depuis longtemps. Peut-être avait-il déjà beaucoup bu auparavant, car maintenant sa main tremblait, et il éclaboussa avec du vin le sol, sa chemise et son gilet, mais il vida malgré tout son verre, comme s'il ne pouvait le laisser, et après avoir posé respectueusement le verre vide sur la table, il se dirigea obéissant vers son lit pour se déshabiller.

— Mais ne vaut-il mieux pas... que je ne reste pas cette nuit ? proféra-t-il soudain on ne sait pourquoi, après avoir déjà retiré une botte qu'il tenait à la main.

— Non, ça ne vaut pas mieux ! répondit en colère Veltchaninov qui ne cessait d'arpenter la pièce, sans le regarder.

Il se déshabilla et se coucha. Un quart d'heure plus tard Veltchaninov aussi s'allongea et éteignit la bougie.

Il s'endormit inquiet. Quelque chose de nouveau, quelque chose qui emmêlait encore plus l'*affaire*, une chose apparue d'on ne sait où l'angoissait maintenant, et il sentait en même temps qu'il avait, on ne sait pourquoi, honte de cette angoisse. Il allait tomber dans l'inconscience quand un bruissement le réveilla soudain. Il se retourna immédiatement vers le lit de Pavel Pavlovitch. Dans la chambre il faisait sombre (les rideaux étaient complètement tirés), et il lui sembla que Pavel Pavlovitch n'était pas couché, mais s'était légèrement soulevé pour s'asseoir dans son lit.

— Qu'est-ce que vous voulez ? lui cria Veltchaninov.

— Une ombre, prononça d'une voix à peine audible Pavel Pavlovitch après s'être tu un moment.

— Qu'est-ce que c'est, quelle ombre ?

— Là-bas, dans l'autre pièce, dans la porte, j'ai vu comme une ombre.

— L'ombre de qui ? demanda Veltchaninov après s'être tu un moment.

— De Natalia Vassiliévna.

Veltchaninov se mit debout sur le tapis et jeta lui-même un coup d'œil à travers l'entrée dans cette chambre dont la porte était toujours ouverte. Il n'y avait pas de rideaux sur les fenêtres mais seulement des stores et il y faisait donc beaucoup plus clair.

— Il n'y a rien dans l'autre chambre, vous êtes soûl, couchez-vous ! dit Veltchaninov qui s'allongea et s'enveloppa dans la couverture. Pavel Pavlovitch ne dit mot et s'étendit lui aussi.

— Et avant, vous n'avez jamais vu d'ombre ? demanda soudain Veltchaninov, une dizaine de minutes plus tard.

— Une fois il m'a semblé en voir une, répondit faiblement et en prenant son temps Pavel Pavlovitch. Puis ce fut de nouveau le silence.

Veltchaninov n'aurait pu dire à coup sûr s'il dormait ou pas, mais une heure environ s'écoula et il se retourna soudain de nouveau : un bruissement l'avait-il réveillé de nouveau, il n'aurait pu le dire, mais il lui sembla au milieu du noir complet que quelque chose se tenait au-dessus de lui, quelque chose de blanc, qui n'était pas encore tout près de lui, mais déjà au milieu de la pièce. Il s'assit sur son lit et examina cela une bonne minute.

— C'est vous, Pavel Pavlovitch ? prononça-t-il d'une voix affaiblie. Cette voix qui était la sienne, qui avait soudain retenti dans le silence et l'obscurité, lui sembla étrange.

Aucune réponse ne suivit, mais il n'y avait plus aucun doute dans le fait que quelqu'un se trouvait là.

— C'est vous... Pavel Pavlovitch ? répéta-t-il plus fort et si fort même que si Pavel Pavlovitch avait été tranquillement en train de dormir sur son lit il se serait forcément réveillé et aurait répondu.

De nouveau la réponse ne suivit pas, mais en revanche il lui sembla que cette silhouette blanche qu'il pouvait à peine distinguer s'était encore approchée de lui. Puis il se passa quelque chose d'étrange : un cri parut soudain s'arracher de lui, exactement comme tout à l'heure, et il se mit à hurler de toutes ses forces d'une voix complètement insensée, complètement enragée, haletant presque à chaque mot :

— Si vous avez l'audace de croire, bouffon ivre, que vous pouvez me faire peur, eh bien je vais me retourner contre le mur, je vais recouvrir ma tête et plus une seule fois de toute la nuit je ne me retournerai, afin de te démontrer à quel point je t'apprécie, et même si vous restiez jusqu'au matin... espèce de bouffon... et je vous crache dessus !

Et ayant craché rageusement dans la direction où était supposé se trouver Pavel Pavlovitch, il se tourna soudain vers le mur, s'enveloppa, comme il l'avait dit, dans la couverture et sembla se figer dans cette position sans bouger. Un silence de mort s'installa. Est-ce que l'ombre s'approchait ou restait sur place, il ne pouvait le savoir, mais son cœur battait-battait-battait... Au moins cinq bonnes minutes s'écoulèrent ; et soudain, à deux pas de lui, retentit la voix faible, tout à fait suppliante de Pavel Pavlovitch :

— Je me suis levé, Alexéï Ivanovitch, pour chercher... (et il nomma un objet domestique des plus utiles), je ne l'ai pas trouvé là-bas près de mon divan... je voulais regarder tout doucement à côté de vous, près de votre lit.

— Et pourquoi vous êtes-vous tu... quand je criais ? demanda d'une voix éraillée Veltchaninov, après avoir attendu une demi-minute.

— J'ai eu peur. Vous criiez tant... j'ai eu peur.

— Là-bas dans le coin à gauche, près de la porte, dans la petite armoire, allumez la bougie...

— Je me débrouillerai sans bougie... dit apaisé Pavel Pavlovitch en se dirigeant vers le coin, et excusez-moi, Alexéï Ivanovitch, de vous avoir tant inquiété... j'étais soudain si barbouillé par le vin...

Mais l'autre ne répondit plus rien. Il demeura couché le visage tourné vers le mur et resta allongé ainsi toute la nuit, sans se retourner une seule fois. Avait-il envie d'exécuter ainsi sa promesse et de montrer son mépris ? Il ne savait pas lui-même ce qui lui arrivait; son délabrement nerveux s'était finalement presque transformé en délire, et longtemps il ne put s'endormir. En se réveillant le lendemain matin, à neuf heures passées, il bondit soudain et s'assit sur son lit, exactement comme si on l'avait poussé, mais Pavel Pavlovitch ne se trouvait plus dans la pièce ! Il ne restait que le lit vide, défait : quant à lui, il avait filé dès l'aube.

— Je le savais ! dit Veltchaninov en se frappant la main sur le front.

10

AU CIMETIÈRE

Les craintes du médecin se justifièrent et Liza fut soudain plus mal, mal à un point tel que Veltchaninov et Klavdia Pétrovna n'auraient pu l'imaginer la veille. Le matin Veltchaninov trouva la malade encore consciente, bien qu'elle fût brûlante de fièvre; il assura par la suite qu'elle lui avait souri et qu'elle lui avait même tendu sa petite main brûlante. Est-ce vrai, ou bien l'avait-il lui-même imaginé involontairement, pour se consoler ? Il n'eut pas le temps de le vérifier; la nuit venue la malade entra dans un coma qui dura tout le temps de la maladie. Le dixième jour après son arrivée à la campagne elle mourut.

Ce fut un moment douloureux pour Veltchaninov; les Pogoreltsev eurent même peur pour lui. Durant ces jours pénibles il avait vécu chez eux la plupart du temps. Les tout derniers jours de la maladie de Liza il restait assis seul des heures entières, dans un coin, et visiblement il ne pensait à rien; Klavdia Pétrovna venait le divertir, mais il répondait vaguement, faisant parfois ostensiblement des efforts pour converser avec elle. Klavdia Pétrovna ne s'attendait tout de même pas que « tout cela produise un tel effet » sur lui. Ce sont les enfants qui le distrayaient le plus; parfois même il riait avec eux; mais presque toutes les heures il se levait de sa chaise et se rendait chez la malade sur la pointe des pieds afin de la regarder. Il lui semblait parfois qu'elle le reconnaissait. Comme tout le monde, il n'avait aucun espoir de la voir se rétablir, mais il ne s'éloignait pas de la chambre où Liza était en train de mourir et restait généralement assis dans la pièce contiguë.

Deux ou trois fois d'ailleurs au cours de ces journées il avait soudain déployé une activité extraordinaire : soudain il se levait, se précipitait à Pétersbourg pour voir les médecins, convoquait les plus connus et organisait des colloques. Le deuxième et dernier colloque avait eu lieu la veille de la mort de la malade. Trois jours auparavant Klavdia Pétrovna avait insisté auprès de Veltchaninov sur la nécessité de finir par mettre la main sur monsieur Troussotski : « En cas de malheur, on ne peut pas enterrer Liza sans lui. » Veltchaninov bredouilla qu'il lui écrirait. Alors le vieux Pogoreltsev déclara qu'il le retrouverait lui-même par l'intermédiaire de la police. Veltchaninov écrivit enfin un billet de deux petites lignes et l'apporta à l'hôtel Pokrovski. Comme d'habitude Pavel Pavlovitch n'était pas chez lui, et il confia la lettre à Maria Syssoïévna pour qu'elle la lui transmette.

Finalement, Liza mourut par une belle soirée d'été alors que le soleil se couchait, et ce n'est qu'à ce moment que Veltchaninov sembla se réveiller. Quand on mit le corps en bière, après l'avoir revêtu d'une robe de fête blanche d'une des filles de Klavdia Pétrovna et qu'on le plaça sur une table dans le salon, avec des fleurs dans ses mains jointes, il s'approcha de Klavdia Pétrovna et les yeux brillants lui déclara qu'il amènerait immédiatement le « meurtrier ». Sans écouter les conseils d'attendre jusqu'au lendemain il se rendit en ville sans plus tarder.

Il savait où trouver Pavel Pavlovitch ; ce n'est pas seulement pour trouver des médecins qu'il s'était rendu à Pétersbourg. Il lui avait semblé parfois durant ces derniers jours que s'il avait amené son père auprès de Liza qui était en train de mourir, elle eût ouvert les yeux en entendant sa voix ; alors, tel un désespéré, il partait à sa recherche. Pavel Pavlovitch logeait toujours dans la pension, mais à la pension il était inutile de demander quoi que ce soit : « Voilà trois jours qu'il ne dort plus ici et qu'il ne vient pas, lui rapporta Maria Syssoïévna, et quand par hasard il s'amène soûl, il ne reste pas même une heure et il s'en va traîner ; il est complètement défait. » Le garçon de l'hôtel Pokrovski fit notamment savoir à Veltchaninov que Pavel Pavlovitch, autrefois déjà, fréquentait des filles de la perspective Vozniéssenski. Veltchaninov retrouva les filles promptement. Une fois gratifiées et régalées ces personnes se souvinrent immédiatement de leur hôte, essentiellement d'après son chapeau orné d'un crêpe, et elles ne manquèrent pas bien entendu de l'injurier aussitôt parce qu'il ne venait plus les voir. L'une d'elles, Katia, était prête « à retrouver Pavel Pavlovitch à n'importe quel moment, parce qu'il ne quitte plus maintenant Machka Prostakova, et qu'il a de l'argent à n'en plus voir la fin, et cette Machka, elle n'est pas Prostakova, mais Prokhvostova[1], et elle a été à l'hôpital ; et si ça ne tenait qu'à elle, Katia, elle l'enverrait tout de suite en Sibérie, un seul mot suffirait ». Katia, cependant, ne l'avait pas trouvée la dernière fois, mais en revanche elle promit fermement d'y arriver la prochaine fois. C'est sur sa collaboration que comptait maintenant Veltchaninov.

1. Prostakova signifie « la simplette » et Prokhvostova « la coquine », « la maraude ».

Arrivé en ville dès dix heures, il la fit venir après avoir payé à qui de droit ce qu'il fallait pour son absence, et il partit avec elle à sa recherche. Il ne savait pas encore lui-même ce qu'il allait faire en réalité de Pavel Pavlovitch : allait-il le tuer pour une raison ou une autre ou bien allait-il simplement le retrouver afin de l'informer de la mort de sa fille et de la nécessité de sa présence à l'enterrement ? La première tentative fut un échec : il se trouvait que Machka Prostakova s'était battue avec Pavel Pavlovitch il y avait trois jours de cela et qu'un certain trésorier « avait blessé Pavel Pavlovitch à la tête avec une pierre ». Bref, pendant longtemps on ne put le retrouver, et ce n'est finalement qu'à deux heures du matin que Veltchaninov, alors qu'il sortait d'un des établissements qu'on lui avait indiqués, tomba soudain sur lui de façon inattendue.

Deux dames conduisaient Pavel Pavlovitch, qui était complètement soûl, dans cet établissement; l'une des dames le soutenait sous le bras et il était suivi d'un prétendant qui vociférait épouvantablement des menaces terribles contre Pavel Pavlovitch. Il criait, d'ailleurs, que celui-ci l'avait « exploité et avait empoisonné sa vie ». C'était une affaire d'argent, semble-t-il; les dames avaient très peur et se dépêchaient. En voyant Veltchaninov, Pavel Pavlovitch se précipita vers lui en écartant les bras et en hurlant comme si on était en train de l'égorger :

— Mon ami, au secours!

En voyant la silhouette athlétique de Veltchaninov le prétendant fila immédiatement sans demander son reste; Pavel Pavlovitch triomphant tendit le poing vers lui et se mit à hurler en signe de victoire; cette fois, Veltchaninov, qui était en rage, le saisit par les épaules et, lui-même ne sachant pourquoi, se mit à le secouer des deux mains, de telle sorte que l'autre claquait des dents. Pavel Pavlovitch cessa immédiatement de crier et regarda son tortionnaire avec l'effroi obtus d'un ivrogne. Ne sachant sans doute que faire d'autre avec lui, Veltchaninov le força à se courber et l'assit sur une borne du trottoir.

— Liza est morte! lui dit-il.

Pavel Pavlovitch, qui ne le quittait pas des yeux, resta assis sur la borne, soutenu par une des dames. Il comprit enfin, et son visage se creusa soudain.

— Morte... murmura-t-il étrangement. Est-ce qu'il ricana par ivresse avec son long sourire hargneux ou bien quelque chose fit-il grimacer son visage, Veltchaninov ne put le voir, mais un instant plus tard Pavel Pavlovitch leva avec difficulté sa main droite qui tremblait afin de se signer; il n'arriva pas, cependant, à former une croix et sa main tremblante retomba. Peu après il se releva lentement de la borne, s'accrocha à sa dame et, appuyé sur elle, il poursuivit son chemin, comme inconscient, exactement comme si Veltchaninov n'était pas là. Mais celui-ci le saisit de nouveau par l'épaule.

— Est-ce que tu comprends, ivrogne monstrueux, qu'on ne pourra pas l'enterrer sans toi ? cria-t-il en haletant.

Il tourna sa tête vers lui.

— De l'artillerie... un enseigne... vous vous souvenez ? bredouilla-t-il la langue pâteuse.

— Quoi ? hurla Veltchaninov, après avoir tressauté maladivement.

— Eh bien le voilà le père ! Cherche-le... pour l'enterrement...

— Tu mens ! s'écria Veltchaninov comme éperdu. C'est par méchanceté que tu... je le savais bien que tu me préparais ça !

Hors de lui, il porta son poing effrayant au-dessus de la tête de Pavel Pavlovitch. Encore un instant, et il l'aurait peut-être tué d'un seul coup ; les dames glapirent et s'éloignèrent, mais Pavel Pavlovitch ne cligna même pas un œil. Une rage venant d'une fureur complètement bestiale déformait tout son visage.

— Est-ce que tu connais, prononça-t-il bien plus fermement, presque sans ivresse, notre p... russe ? (Et il proféra l'injure la plus impossible à imprimer.) Eh bien, va la voir ! Et puis avec force il s'arracha des mains de Veltchaninov, trébucha et faillit tomber. Les dames le soutinrent, mais cette fois elles se mirent à courir en glapissant et en traînant presque derrière elles Pavel Pavlovitch. Veltchaninov ne les suivit pas.

Le lendemain, à une heure de l'après-midi, un fonctionnaire en uniforme, fort correct, d'âge moyen, se présenta à la maison de campagne des Pogoreltsev pour confier respectueusement à Klavdia Pétrovna un paquet à son nom de la part de Pavel Pavlovitch Troussotski. Le paquet contenait une lettre chargée de trois cents roubles et les certificats indispensables concernant Liza. Pavel Pavlovitch écrivait brièvement, extrêmement respectueusement et fort correctement. Il remerciait beaucoup Son Excellence Klavdia Pétrovna pour sa compassion vertueuse envers l'orpheline, ce pour quoi seul Dieu pourrait la rétribuer. Il mentionnait de façon peu claire que sa très mauvaise santé ne lui permettrait pas de se présenter en personne pour enterrer sa malheureuse fille si tendrement aimée et que tous ses espoirs reposaient sur la bonté angélique de l'âme de Son Excellence. Quant aux trois cents roubles, ils étaient destinés, comme il l'expliquait plus loin dans la lettre, à l'enterrement et d'une manière générale à couvrir les dépenses occasionnées par la maladie. S'il devait rester quelque argent, il demandait de la façon la plus humble et la plus respectueuse que l'on veuille bien l'employer à un service éternel pour le repos de l'âme de la défunte Liza. Le fonctionnaire qui avait apporté la lettre ne put fournir aucune explication supplémentaire; il ressortait même de certaines de ses paroles, que ce n'était qu'à cause de l'insistance de Pavel Pavlovitch qu'il s'était chargé d'apporter personnellement le paquet à Son Excellence. Pogoreltsev fut presque vexé par l'expression « couvrir les dépenses occasionnées par la maladie », et décida que, après avoir mis de côté cinquante roubles pour l'enterrement, car on ne pouvait pas interdire au père d'enterrer son enfant, les deux cent cinquante roubles restants devaient être immédiatement rendus à monsieur Troussotski. Klavdia Pétrovna décida finalement de rendre non pas deux cent cinquante roubles, mais un reçu de l'église du cimetière pour cet argent versé pour le service éternel du repos de l'âme de la défunte adolescente Elizaviéta. Le reçu fut donné plus tard à Veltchaninov afin qu'il le transmette immédiatement; il l'envoya par la poste à l'hôtel.

Après l'enterrement il disparut de la datcha. Deux bonnes semaines durant il traîna en ville, sans but, seul et il se cognait aux gens, perdu dans ses pensées. Il restait chez lui couché des jours entiers parfois, étendu sur le divan, oubliant les choses les plus ordinaires. Les Pogoreltsev lui envoyèrent de nombreuses fois des invitations; il faisait des promesses et les oubliait aussitôt. Klavdia Pétrovna vint elle-même le voir, mais elle ne le trouva pas chez lui. Il en fut de même pour son avocat; et cependant l'avocat avait matière à lui communiquer : son affaire était fort habilement engagée et les parties adverses acceptaient un accord à l'amiable avec une rétribution d'une part minime de l'héritage qu'elles contestaient. Il ne restait qu'à obtenir l'accord de Veltchaninov lui-même. Après l'avoir enfin trouvé chez lui, l'avocat fut surpris par l'extrême indolence et l'indifférence avec lesquelles, lui qui était un client si inquiet, il l'écouta.

Les jours les plus chauds du mois de juillet commençaient, mais Veltchaninov en arrivait à oublier l'écoulement du temps. Son chagrin rendait son âme douloureuse, comme un abcès qui est mûr, et devenait à chaque instant de plus en plus évident dans la douleur de sa conscience. Il souffrait essentiellement de ce que Liza n'ait pas eu le temps de le reconnaître et était morte sans savoir à quel point il l'aimait douloureusement! Tout le but de sa vie, apparu sous un jour si joyeux, s'était soudain assombri en des ténèbres éternelles. A tout moment maintenant il pensait que son but avait été que Liza chaque jour, chaque heure et toute sa vie ressente sans cesse en elle l'amour qu'il lui portait. « Personne ne peut avoir de but plus élevé que celui-ci, songeait-il parfois dans une sombre exaltation. S'il existe d'autres buts, aucun ne peut être plus sacré que celui-là! » « Grâce à l'amour de Liza, songeait-il, toute mon ancienne vie, sale et inutile, eût été épurée et rachetée; à ma place, moi qui suis un homme oisif, vicieux et fini, il y aurait eu un être pur et magnifique dont j'aurais bercé la vie, et au nom de cet être tout m'eût été pardonné, et je me serais tout pardonné. »

Toutes ces pensées *conscientes* se présentaient toujours à lui accompagnées du souvenir lumineux, toujours proche et qui frappait son âme, de l'enfant morte. Il recréait en lui son petit visage blême, il se rappelait chacune de ses expressions; il se souvenait d'elle dans le cercueil, couverte de fleurs, et avant, inconsciente, fiévreuse, les yeux fixes et ouverts. Il se souvint soudain que lorsqu'elle était déjà étendue sur la table, il avait remarqué qu'un de ses petits doigts avait, Dieu sait pourquoi, noirci au cours de sa maladie; cela l'avait alors tant frappé, et il avait été pris d'une telle pitié pour ce pauvre petit doigt, que l'idée lui était alors pour la première fois venue en tête de retrouver immédiatement Pavel Pavlovitch et de le tuer; jusqu'alors il « avait été comme insensible ». Est-ce une fierté offensée qui torturait ce petit cœur d'enfant, est-ce les trois mois de souffrances dues à ce père qui avait soudain transformé son amour en haine et qui l'avait offensée par un mot honteux, qui se moquait de son effroi et qui l'avait, finalement, abandonnée à des étrangers? Tout cela, il le ressassait sans cesse et le variait de mille façons. « Savez-vous ce que Liza était pour moi? » : il se rappela soudain cette exclamation de Troussotski, alors qu'il était soûl, et il sentit que cette exclamation n'était plus une grimace mais la vérité et qu'il y avait là de l'amour. « Comment ce monstre a-t-il pu être aussi cruel envers l'enfant qu'il aimait tant, et les choses sont-elles vraiment ainsi? » Mais à chaque fois il se hâtait de rejeter cette question, comme s'il l'éludait; il y avait quelque chose de terrible dans cette question, quelque chose d'insupportable pour lui, et de non résolu.

Un jour, et il ne se rappelait pas lui-même comment il y était allé, il errait dans le cimetière où l'on avait enterré Liza et il retrouva sa petite tombe. Pas une seule fois depuis l'enterrement il ne s'était rendu au cimetière; il lui semblait tout le temps que la souffrance serait trop grande et il n'osait y aller. Mais, chose étrange, quand il se pencha sur sa petite tombe et qu'il l'embrassa, il en ressentit soudain un allégement. C'était un soir lumineux, le soleil se couchait; alentour, près des tombes, poussait une herbe grasse, verte; dans un églantier proche bourdonnait une abeille; les fleurs et les couronnes qui avaient été laissées par les enfants et Klavdia Pétrovna sur la petite tombe de Liza après l'enterrement étaient là, les feuilles à moitié éparpillées. Pour la première fois un espoir après cette longue période rafraîchit même son cœur. « Comme c'est facile! » pensa-t-il en sentant le silence du cimetière et en regardant le ciel lumineux et serein. Un flux d'une croyance en une chose pure et sereine envahit son âme. « C'est Liza qui me l'envoie, c'est elle qui me parle », lui vint-il en tête.

Il faisait déjà tout à fait nuit quand il quitta le cimetière pour s'en retourner chez lui. En route, non loin du portail du cimetière, il y avait une maisonnette en bois toute basse, où se trouvait une sorte de gargote ou de débit de boissons; par les fenêtres ouvertes on voyait les clients assis aux tables. Il lui sembla soudain que l'un d'eux, installé tout près de la fenêtre, était Pavel Pavlovitch et que ce dernier le voyait également et l'examinait par la fenêtre avec curiosité. Il alla plus loin et entendit bientôt qu'on le rattrapait; c'était en effet Pavel Pavlovitch qui courait derrière lui; l'expression paisible du visage de Veltchaninov l'avait donc attiré et encouragé alors qu'il l'observait par la fenêtre. Arrivé à sa hauteur il sourit, d'un air timide, mais plus de ce sourire d'ivrogne d'autrefois; il n'était même pas ivre du tout.

— Bonjour, dit-il.

— Bonjour, répondit Veltchaninov.

11

PAVEL PAVLOVITCH SE MARIE

Il s'étonna lui-même d'avoir répondu à ce bonjour. Il lui parut terriblement étrange de rencontrer maintenant cet homme complètement dénué de hargne et à cet instant d'éprouver à son égard quelque chose de tout à fait différent et même un appel vers quelque chose de nouveau.

— Quelle agréable soirée, lança Pavel Pavlovitch en le regardant dans les yeux.

— Vous n'êtes pas encore parti, dit Veltchaninov, comme s'il ne posait pas de question, mais réfléchissait seulement tout en continuant de marcher.

— Les choses traînent en longueur, mais j'ai obtenu un poste, avec de l'avancement. A coup sûr je m'en vais après-demain.

— Vous avez obtenu un poste ? insista-t-il cette fois.

— Et pourquoi pas ? dit soudain dans une grimace Pavel Pavlovitch.

— Je disais cela comme ça... se reprit Veltchaninov maussade qui lança un regard torve vers Pavel Pavlovitch. A sa surprise, les habits, le chapeau orné d'un crêpe et l'aspect général de monsieur Troussotski étaient incomparablement plus corrects qu'il y a deux semaines. Il se posait constamment la question : « Que faisait-il dans ce débit de boissons ? »

— J'avais l'intention, Alexéï Ivanovitch, de vous faire part d'une autre joie, reprit Pavel Pavlovitch.

— Une joie ?

— Je me marie.

— Comment ?

— Après la douleur, la joie, c'est toujours ainsi dans la vie ; Alexéï Ivanovitch, je souhaiterais beaucoup... mais, je ne sais, peut-être êtes-vous pressé maintenant, parce que vous semblez...

— Oui, je suis pressé et... et puis je ne me sens pas bien.

Il eut soudain terriblement envie de se débarrasser de lui ; sa disponibilité pour des sentiments nouveaux à son égard avait disparu en un instant.

— Je souhaiterais...

Pavel Pavlovitch ne dit pas jusqu'au bout ce qu'il souhaitait; Veltchaninov se tut.

— Dans ce cas alors plus tard, si toutefois nous nous revoyons...

— Oui, oui, plus tard, plus tard, grommela sèchement Veltchaninov, sans le regarder et sans s'arrêter. Ils se turent une minute encore; Pavel Pavlovitch continuait d'aller à ses côtés.

— Dans ce cas, au revoir, dit-il enfin.

— Au revoir; je vous souhaite...

Veltchaninov rentra chez lui une fois encore complètement abattu. La rencontre avec « cet individu » était au-dessus de ses forces. En se couchant, il se remit à songer : « Que faisait-il près du cimetière? »

Le lendemain matin il se décida enfin à passer chez les Pogoreltsev, il s'y décida à contrecœur; le bonheur de qui que ce soit lui était maintenant trop pénible, même chez les Pogoreltsev. Mais ils s'inquiétaient tant à son sujet, qu'il fallait absolument y aller. Il s'imagina soudain qu'il serait on ne sait pourquoi très honteux vis-à-vis d'eux lors de la première rencontre. « Y aller ou pas? » pensait-il en se hâtant d'achever son petit déjeuner, quand soudain, à son extrême surprise, Pavel Pavlovitch entra chez lui.

Malgré la rencontre de la veille, Veltchaninov ne pouvait imaginer que cet homme repasserait un jour chez lui, et il fut si ébahi qu'il le regardait en ne sachant que dire. Mais Pavel Pavlovitch prit lui-même ses dispositions, le salua et s'installa sur la chaise où il s'était assis trois semaines plus tôt lors de sa dernière visite. Veltchaninov revit soudain cette visite dans une clarté particulière. Il regardait le visiteur avec inquiétude et répulsion.

— Vous êtes surpris? commença par dire Pavel Pavlovitch qui devinait le regard de Veltchaninov.

D'une manière générale il semblait bien plus désinvolte que la veille et en même temps transparaissait une timidité plus grande encore que la veille. Son aspect extérieur était particulièrement curieux. Monsieur Troussotski était non seulement correctement, mais élégamment habillé, avec une veste d'été légère, un pantalon clair ajusté, un gilet clair; des gants, un monocle avec une bordure en or, apparu soudain on ne sait pourquoi, son linge, bref tout était sans reproche; il était même parfumé. De toute sa silhouette émanait également quelque chose de ridicule et qui inspirait en même temps une pensée étrange et désagréable.

— Bien entendu, Alexéï Ivanovitch, poursuivit-il en se recroquevillant, je vous ai surpris par ma venue, je le sens bien. Mais entre les gens, c'est du moins ce que je pense, il se maintient toujours, et pour moi il doit se maintenir quelque chose de supérieur, n'est-ce pas ? Je veux dire quelque chose de supérieur à toutes les circonstances, voire aux désagréments qui peuvent surgir, n'est-ce pas ?

— Pavel Pavlovitch, dites-moi tout ce que vous avez à me dire au plus vite et sans cérémonies, répondit Veltchaninov maussade.

— En deux mots, dit en se hâtant Pavel Pavlovitch, je me marie et je me rends maintenant chez ma fiancée, immédiatement. Ils sont aussi à la campagne. J'ai l'audace de vous demander de me faire le grand honneur de vous présenter à cette famille ; et je suis venu vous formuler une requête exceptionnelle (Pavel Pavlovitch baissa la tête en signe d'humilité) : je vous demande de m'accompagner...

— Vous accompagner où ? répliqua Veltchaninov en écarquillant les yeux.

— Chez eux, c'est-à-dire à la campagne. Excusez-moi, je parle comme si j'avais de la fièvre et, peut-être, ai-je été embrouillé ; mais j'ai tellement peur de votre refus...

Il regardait Veltchaninov d'un air pleurnichard.

— Vous voulez que j'aille maintenant avec vous chez votre fiancée ? reprit Veltchaninov en le regardant rapidement et n'en croyant ni ses yeux ni ses oreilles.

— Oui, dit soudain d'un air terriblement timide Pavel Pavlovitch. Ne vous fâchez pas, Alexéï Ivanovitch, il ne s'agit pas d'une impertinence ; seulement je vous le demande très humblement et de façon exceptionnelle. J'ai rêvé que, peut-être, malgré tout vous ne voudriez pas refuser...

— Premièrement, c'est complètement impossible, répondit Veltchaninov en s'agitant de façon inquiète.

— C'est seulement mon désir exorbitant et rien de plus, continuait-il en l'implorant, je ne vous cacherai pas que j'ai là aussi une raison. Mais en ce qui concerne cette raison je ne voudrais vous la dévoiler qu'après, pour le moment je vous demande seulement à titre exceptionnel...

Et il se leva même respectueusement de sa chaise.

— Mais de toute façon c'est impossible, reconnaissez-le... Veltchaninov se leva aussi.

— C'est parfaitement possible, Alexéï Ivanovitch, en outre, je me disposais à vous présenter en tant qu'ami ; et deuxièmement, on vous connaît de toute façon là-bas ; il s'agit des Zakhlébinine, ils sont à leur maison de campagne. Le conseiller d'État Zakhlébinine.

— Comment cela ? s'écria Veltchaninov. C'était précisément ce conseiller d'État qu'il n'avait cessé de chercher un mois auparavant et qu'il ne trouvait pas chez lui, et qui dans son procès agissait, à l'évidence, au profit de la partie adverse.

— Mais oui, mais oui, dit en souriant Pavel Pavlovitch comme encouragé par l'extrême surprise de Veltchaninov, c'est celui-là même et, vous vous en souvenez également, c'est cet homme à côté duquel vous marchiez il y a quelque temps et avec lequel vous conversiez, tandis que moi je vous regardais en me trouvant en face de vous ; j'attendais alors pour m'approcher de lui que vous l'ayez quitté. Il y a une vingtaine d'années nous avons même travaillé ensemble ; mais l'autre fois, quand je voulais l'aborder après vous, je n'avais rien en tête. Ce n'est que récemment que cette pensée m'est brusquement venue en tête, il y a une semaine.

— Mais écoutez, c'est quand même, me semble-t-il, une famille fort honnête ? s'étonna naïvement Veltchaninov.

— Honnête, et alors ? répliqua en grimaçant Pavel Pavlovitch.

— Non, bien entendu, ce n'est pas ce que je voulais dire... mais pour autant que je l'ai remarqué, m'étant trouvé...

— Ils se le rappellent, ils se rappellent la façon dont vous êtes allé chez eux, reprit Pavel Pavlovitch ravi, seulement vous n'avez pas pu voir la famille alors ; mais lui-même se le rappelle et vous apprécie. Je leur ai respectueusement parlé de vous.

— Mais comment faire si vous êtes veuf depuis seulement trois mois ?

— Mais le mariage n'est pas pour tout de suite ; il aura lieu dans neuf ou dix mois, de sorte qu'exactement une année de deuil se sera écoulée. Croyez-moi, tout est comme il faut. Premièrement, Fédosséï Pétrovitch me connaît même depuis l'enfance, il connaissait ma défunte épouse, il sait comment j'ai vécu, sur quel pied, et enfin j'ai de la fortune ; et en plus j'obtiens maintenant un poste avec de l'avancement, tout cela compte aussi.

— Eh bien, il s'agit de sa fille ?

— Je vais tout vous raconter en détail, dit Pavel Pavlovitch en se pelotonnant agréablement, permettez-moi de fumer une petite cigarette. En outre vous pourrez voir tout cela vous-même aujourd'hui. Premièrement, des hommes entreprenants comme Fédosséï Pétrovitch ici, à Pétersbourg, sont parfois très appréciés à leur travail, s'ils réussissent à attirer l'attention. Mais c'est que, en dehors de son traitement, y compris les primes, les récompenses, les compléments, les gratifications ou autres revenus ponctuels, il n'a rien ; autrement dit, il n'a rien d'essentiel qui puisse constituer un capital. Ils vivent bien, mais ils ne peuvent rien mettre de côté, avec leur famille. Rendez-vous compte : Fédosséï Pétrovitch a huit filles et un seul et unique fils, qui est encore petit. S'il venait à mourir maintenant, il ne leur resterait qu'une maigre pension. Et il y a là huit filles, et rendez-vous compte un peu, rendez-vous compte : en effet avec des chaussures pour chacune il y a de quoi faire ! Parmi les huit filles, cinq sont déjà fiancées, la plus âgée a vingt-quatre ans (une jeune fille des plus charmantes, vous le verrez vous-même), et la sixième, qui a quinze ans, étudie encore au lycée. Il faut donc trouver des fiancés pour les cinq filles aînées, il faut le faire si possible d'avance ; c'est au père, donc, de se tirer d'affaire, et qu'est-ce que cela peut coûter, je vous le demande ? Et soudain j'apparais, et voici le premier fiancé qui arrive dans leur maison, notoirement connu, dans la mesure où il y a là une véritable fortune. Eh bien voilà.

Pavel Pavlovitch donnait ces explications avec ivresse.

— Vous faites votre cour à l'aînée ?

— Non, je... pas l'aînée ; c'est à la sixième que j'ai fait ma cour, celle qui poursuit ses études au lycée.

— Comment ? dit Veltchaninov en ricanant involontairement. Mais vous dites bien qu'elle a quinze ans !

— Quinze ans aujourd'hui ; mais dans neuf mois elle en aura seize, seize ans et trois mois, mais pourquoi ? Mais comme pour le moment tout cela n'est pas comme il faut, rien n'est encore public pour l'instant et il n'y a rien ; c'est seulement avec les parents... Croyez-moi, tout est au mieux !

— Donc, les choses ne sont pas encore décidées ?

— Si, c'est décidé, tout est décidé. Croyez-moi, tout est au mieux.

— Et elle le sait ?

— C'est-à-dire que l'on fait seulement semblant, pour la correction, on n'en parle pas ; mais comment ne le saurait-elle pas ? continua Pavel Pavlovitch en clignant ses yeux d'aise. Eh quoi, cela vous réjouit-il, Alexéï Ivanovitch ? finit-il par dire avec une timidité terrible.

— Mais pourquoi irais-je là-bas ? D'ailleurs, ajouta-t-il en se pressant, comme de toute façon je n'irai pas, ne me présentez pas des raisons.

— Alexéï Ivanovitch...

— Mais est-ce que je vais m'asseoir à vos côtés et partir, songez !

Un sentiment de répulsion et d'inimitié remonta en lui après le divertissement fugitif des bavardages de Pavel Pavlovitch à propos de sa fiancée. Une minute de plus et il l'aurait, semble-t-il, chassé définitivement. Quelque chose en lui le rendait furieux contre lui-même.

— Asseyez-vous, Alexéï Ivanovitch, asseyez-vous à côté de moi et vous ne le regretterez pas! dit d'une voix suppliante Pavel Pavlovitch. Non, non, non! dit-il en agitant les bras, après avoir perçu un geste d'impatience et de décision de Veltchaninov. Alexéï Ivanovitch, Alexéï Ivanovitch, attendez avant de décider d'avance! Je vois que vous m'avez peut-être compris de travers : je comprends trop bien, en effet, que ni vous pour moi, ni moi pour vous nous ne sommes des camarades; je ne suis pas bête au point de ne pas le comprendre. Et quant au service que je vous demande maintenant, il ne vous engage pas pour l'avenir. Quant à moi, après-demain je m'en vais définitivement, complètement; donc comme si de rien n'était. Que ce jour ne soit qu'une occasion. En me rendant chez vous je fondais mes espoirs sur la noblesse des sentiments particuliers de votre cœur, Alexéï Ivanovitch, précisément sur ces sentiments qui ont pu s'éveiller dans votre cœur ces derniers temps... Suis-je clair ou pas?

L'émotion de Pavel Pavlovitch atteignait son paroxysme, Veltchaninov le regardait de façon étrange.

— Vous me demandez un service, dit-il en réfléchissant, et vous insistez terriblement; j'ai des doutes à ce sujet; je veux en savoir plus.

— Tout le service que je vous demande consiste seulement et uniquement à ce que vous veniez avec moi. Et ensuite, quand nous reviendrons, je déroulerai tout devant vous comme à confesse. Alexéï Ivanovitch, ayez confiance!

Mais Veltchaninov continuait de refuser, et avec d'autant plus d'obstination qu'il sentait en lui une pensée pénible, mauvaise. Cette mauvaise pensée vibrait en lui depuis longtemps, depuis le début, dès que Pavel Pavlovitch l'avait informé de l'existence d'une fiancée : était-ce une simple curiosité ou quelque attirance fort peu claire encore, il était toutefois enclin à donner son accord. Et plus il y était enclin, plus il s'en défendait. Il était assis, accoudé la tête entre les mains, et il réfléchissait. Pavel Pavlovitch se démenait à côté de lui et l'implorait.

— Bon, j'irai, lança-t-il soudain avec quelque inquiétude, voire de l'angoisse, en donnant son accord et en se levant. Pavel Pavlovitch fut extrêmement content.

— Est-ce possible, Alexéï Ivanovitch, habillez-vous tout de suite, dit-il en s'agitant gaiement autour de Veltchaninov qui était en train de s'habiller, avec ce qu'il y a de mieux, habillez-vous comme vous le voulez.

« Mais qu'est-ce qu'il vient faire ici, cet homme étrange? » pensait Veltchaninov.

— Mais ce n'est pas le seul service que j'attends de vous,

Alexéï Ivanovitch. Dès l'instant que vous m'avez donné votre accord, prenez les choses en main.

— Par exemple ?

— Par exemple, il y a une grande question : le crêpe ? Qu'est-ce qui est plus correct : ôter le crêpe ou le laisser ?

— Comme vous voulez.

— Non, je souhaite connaître votre décision, comment auriez-vous agi vous-même, je veux dire si vous aviez eu un crêpe ? En ce qui me concerne, je pense qu'en le conservant j'indique la constance de mes sentiments, et donc, il constitue une recommandation flatteuse.

— Ôtez-le, cela va de soi.

— Est-ce que cela va vraiment de soi ? dit en réfléchissant Pavel Pavlovitch. Non, il vaudrait mieux que je le garde...

— Comme vous voulez. « Allons, il n'a pas confiance en moi, tant mieux », songea Veltchaninov.

Ils sortirent ; Pavel Pavlovitch examinait avec satisfaction Veltchaninov qui s'était fait beau ; son visage semblait même manifester plus d'estime et d'importance. Veltchaninov était stupéfait de Troussotski et encore plus de lui-même. Près du porche les attendait une magnifique calèche.

— Votre calèche était déjà prête ? Vous étiez donc sûr que je viendrais ?

— J'avais pris la calèche pour moi-même, mais j'étais presque sûr que vous consentiriez à venir, répondit Pavel Pavlovitch avec l'air d'un homme parfaitement heureux.

— Hé, Pavel Pavlovitch, répliqua-t-il avec un rire crispé quand ils se furent installés et qu'ils démarrèrent, n'êtes-vous pas trop sûr de moi ?

— Mais enfin ce n'est pas à vous, Alexéï Ivanovitch, ce n'est pas à vous de me dire pour autant que je suis un idiot ? répondit Pavel Pavlovitch d'une voix ferme et pénétrée.

« Et Liza ? » songea Veltchaninov qui délaissa tout de suite cette pensée comme par peur de quelque blasphème. Et il se voyait lui-même si mesquin, si nul à cet instant ; il lui sembla que l'idée qui le séduisait était si petite, était une idée si minable... et il eut de nouveau envie de tout abandonner et de descendre de la calèche même maintenant, même s'il fallait pour ce faire rosser Pavel Pavlovitch. Mais celui-ci se mit à parler et la tentation se glissa de nouveau dans son cœur.

— Alexéï Ivanovitch, est-ce que vous vous y connaissez dans les choses précieuses ?

— Dans quelles choses précieuses ?

— Les diamants.

— Oui.

— Je voudrais apporter un petit cadeau. Dites-moi : est-ce nécessaire ou pas ?

— Pour moi, cela ne l'est pas.

— Pourtant j'en aurais bien envie, grogna Pavel Pavlovitch ; seulement voilà, que faut-il acheter ? Toute la parure, c'est-à-dire la broche, les boucles d'oreilles et le bracelet, ou bien seulement une petite chose ?

— Combien voulez-vous mettre ?

— Dans les quatre cents ou les cinq cents roubles.

— Quoi !

— C'est beaucoup ? dit en s'animant Pavel Pavlovitch.

— Achetez seulement un bracelet, de cent roubles.

Pavel Pavlovitch fut tout de même chagriné. Il avait une envie si terrible de payer plus cher et d'acheter « toute » la parure. Il insistait. Ils passèrent dans un magasin. Les choses se terminèrent par l'achat d'un bracelet seulement et non pas celui dont avait envie Pavel Pavlovitch, mais celui qu'avait indiqué Veltchaninov. Pavel Pavlovitch, quant à lui, avait envie de prendre les deux. Quand le marchand, qui avait demandé cent soixante-quinze roubles par bracelet, descendit jusqu'à cent cinquante, il en eut même du dépit ; il aurait volontiers payé deux cents roubles si on le lui avait demandé, tant il avait envie de payer plus.

— Peu importe que je m'empresse tant avec ces cadeaux, s'épancha-t-il comme charmé quand ils repartirent, ce n'est pas le grand monde là-bas, c'est simple. L'innocence aime les petits cadeaux, dit-il avec un sourire rusé et joyeux. Vous avez ricané tout à l'heure, Alexéï Ivanovitch, parce qu'elle a quinze ans ; mais en fait c'est cela qui m'a frappé l'esprit, précisément le fait qu'elle aille encore au lycée, avec son petit cartable à la main, avec ses petits cahiers et ses petites plumes, hé ! hé ! C'est le cartable qui a charmé mon esprit ! Je suis, en ce qui me concerne, pour l'innocence, Alexéï Ivanovitch. Le problème pour moi, ce n'est pas tant la beauté du visage, que cela. Et on rigole dans les coins avec ses petites copines, et comme on rit, mon Dieu ! Et il y a de quoi : tout le rire vient de ce que le petit chat a sauté de la commode sur le lit et s'est roulé en boule... Ça sent la pomme fraîche là-bas ! Il faut ôter le crêpe, non ?

— Comme vous voulez.

— Je vais l'ôter. Il enleva son chapeau, arracha le crêpe et le jeta sur la route. Veltchaninov vit que son visage s'illuminait de l'espoir le plus vif quand il remit son chapeau sur son crâne chauve.

« Est-ce possible qu'il soit vraiment ainsi ? songea-t-il avec une méchanceté réelle cette fois, est-ce possible qu'il n'y ait aucun *tour* dans son invitation ? Est-ce possible qu'il compte vraiment sur ma noblesse ? continuait-il presque vexé de la dernière hypothèse. Qui est-il, un bouffon, un imbécile ou un “éternel mari” ? Enfin ce n'est quand même pas possible, finalement !... »

12

CHEZ LES ZAKHLÉBININE

Les Zakhlébinine étaient en effet « une famille très convenable », comme s'était tout à l'heure exprimé Veltchaninov; quant à Zakhlébinine, il était un fonctionnaire qui avait beaucoup d'allure. Tout ce qu'avait dit Pavel Pavlovitch au sujet de leurs revenus était vrai aussi : « Ils vivent bien, semble-t-il, mais que le bonhomme vienne à mourir et il ne restera rien. »

Le vieux Zakhlébinine accueillit fort bien, amicalement même Veltchaninov et l'ancien « ennemi » s'était complètement transformé en ami.

— Je vous félicite, les choses vont donc mieux, dit-il dès l'abord, avec un air amical et de la prestance; j'avais moi-même insisté pour un règlement à l'amiable, et Piotr Kouzmitch (l'avocat de Veltchaninov) est un homme en or sur ce plan. Eh bien voilà! Vous recevrez dans les soixante mille roubles sans soucis, sans atermoiements, sans disputes! Alors que l'affaire aurait bien pu traîner trois ans!

Veltchaninov fut tout de suite présenté à madame Zakhlébinina également, une dame d'un certain âge aux formes bien rebondies, au visage simplet et fatigué. Les filles se mirent aussi à affluer, l'une après l'autre, ou deux par deux. Mais il y avait tout de même beaucoup de filles qui faisaient leur entrée; peu à peu il y en eut bien dix ou douze de réunies, Veltchaninov ne put les compter; les unes entraient, les autres sortaient. Mais parmi elles il y avait beaucoup de copines des datchas voisines. La datcha des Zakhlébinine — une grande maison en bois, de style indéterminé mais bizarre, avec des ajouts d'époques diverses — bénéficiait d'un grand jardin; trois ou quatre autres datchas donnaient aussi dans ce jardin de différents côtés, de sorte que le jardin était commun, ce qui naturellement favorisait la fréquentation des filles avec celles des datchas voisines. Veltchaninov, dès les premiers mots de la conversation, remarqua qu'il était attendu ici et que sa venue en qualité d'ami de Pavel Pavlovitch, qui désirait le présenter, avait été presque triomphalement annoncée. Perspicace et expérimenté en la matière, son regard distingua bien vite là quelque chose de particulier même : d'après l'accueil par trop aimable des parents, d'après l'aspect particulier des filles et leur toilette (bien que d'ailleurs il se fût agi d'un jour de fête) le soupçon se glissa en lui que Pavel Pavlovitch avait joué les malins et qu'il se pouvait fort bien qu'il ait glissé ici, sans le dire directement bien sûr, quelque chose comme une supposition à son propos, comme quoi il était un célibataire qui s'ennuyait, issu de la « bonne société », possédant une fortune et qui très très probablement, en définitive, se déciderait à « faire une fin » et à s'installer, — « d'autant plus qu'il avait reçu un héritage ». Il semblait que la plus âgée des demoiselles Zakhlébinina, Katérina Fédosséïévna, celle précisément qui avait vingt-quatre ans et au sujet de laquelle Pavel Pavlovitch s'était exprimé comme d'une personne charmante, avait l'esprit quelque peu tourné en ce sens. Elle se distinguait particulièrement au milieu de ses sœurs par sa toilette et par la coiffure originale de son opulente chevelure. Quant à ses sœurs et à toutes les autres filles elles le regardaient comme si elles savaient fermement que Veltchaninov était présenté « pour Katia » et était venu la « voir ». Leurs regards et même quelques mots, lâchés par hasard au cours de la journée, le confortèrent dans cette hypothèse. Katérina Fédosséïévna était une grande blonde, somptueusement replète, au visage extrêmement gentil, d'un caractère visiblement calme et gauche, indolent même. « Il est étrange qu'une telle femme reste vieille fille, même sans dot, songea machinalement Veltchaninov qui la regardait avec plaisir, alors qu'elle va bientôt devenir tout à fait grassouillette, et que pour le moment elle aurait bien des amateurs... » Toutes les autres sœurs étaient aussi pas mal de leur personne, et parmi les copines surgirent quelques frimousses assez rigolotes et même mignonnes. Cela l'amusa ; et d'ailleurs, il était venu avec des pensées particulières.

Nadiéjda Fédosséïévna, la sixième, la lycéenne et la fiancée supposée de Pavel Pavlovitch, se fit attendre. Veltchaninov l'attendait avec une impatience dont il s'étonna lui-même, et dont il ricana en son for intérieur. Enfin, elle apparut, non sans effet, accompagnée d'une copine vive et sur ses gardes, Maria Nikitichna, une petite brune au visage rigolo, dont il fut immédiatement évident que Pavel Pavlovitch avait extrêmement peur. Cette Maria Nikitichna, une jeune fille persifleuse, mais futée toutefois, qui devait avoir déjà dans les vingt-trois ans, était la gouvernante des petits enfants d'une famille voisine et amie, et, depuis longtemps déjà, était considérée comme faisant partie de la famille chez les Zakhlébinine, et elle était terriblement appréciée par les filles. On voyait que Nadia aussi en avait particulièrement besoin maintenant. Dès le premier regard Veltchaninov s'aperçut que les filles étaient toutes braquées contre Pavel Pavlovitch, même les copines, et dès la deuxième minute qui suivit l'entrée de Nadia il en conclut qu'elle le *haïssait*. Il remarqua aussi que Pavel Pavlovitch n'y faisait pas attention ou ne voulait pas le remarquer. Sans conteste, Nadia était la plus belle de toutes les sœurs — une petite brune, à l'allure de sauvageonne, avec l'audace d'une nihiliste; une diablesse de friponne aux petits yeux de feu, au sourire charmant, bien que souvent méchant, aux lèvres et aux dents étonnantes, toute fine, bien bâtie, dont on voyait poindre l'intelligence dans l'expression brûlante de son visage, presque enfantin en même temps. Ses quinze ans parlaient dans chacun de ses pas, dans chacun de ses mots. Il se confirma par la suite que Pavel Pavlovitch l'avait effectivement vue la première fois avec un cartable en toile cirée à la main; mais maintenant quand même elle ne le portait plus.

Le cadeau du bracelet ne fut vraiment pas une réussite et il produisit une impression plutôt désagréable. Pavel Pavlovitch, qui venait juste de voir entrer la fiancée, s'approcha tout de suite d'elle avec un sourire narquois. Il lui offrit en prenant prétexte de « l'agréable satisfaction, qu'il avait éprouvée la dernière fois à l'occasion de l'agréable romance chantée par Nadiéjda Fédosséïévna au piano... ». Il s'embrouilla, n'acheva pas et resta planté là, ahuri, en tendant l'écrin contenant le bracelet pour le fourrer dans la main de Nadiéjda Fédosséïévna; mais celle-ci ne voulait pas le prendre et, rougissant de honte et de colère, elle croisait les bras derrière le dos. Elle se tourna avec impertinence vers sa maman, dont le visage exprimait l'embarras, et dit à voix haute :

— Je ne veux pas prendre ça, *maman* * !

— Prends-le et dis merci, proféra le père avec une sévérité tranquille, mais il était lui aussi mécontent. C'est trop, c'est trop ! marmonna-t-il d'une voix sentencieuse à Pavel Pavlovitch.

Nadia, faute de pouvoir faire autrement, prit l'écrin et, après avoir baissé ses petits yeux, s'assit, comme le font les petites filles, autrement dit elle s'affala pour rebondir aussitôt, comme sur un ressort. L'une des sœurs s'était approchée pour regarder et Nadia lui tendit l'écrin, toujours fermé, montrant ainsi qu'elle-même ne voulait pas le regarder. On sortit le bracelet et il fit le tour de toutes les mains; mais tous le regardaient en silence, d'aucuns avec un air moqueur. Seule la maman mâchonna des remerciements en disant que le bracelet était très gentil. Pavel Pavlovitch était prêt à disparaître sous terre.

* En français dans le texte.

Veltchaninov le sortit d'embarras.

Il se mit soudain à parler fort et avec volubilité, ayant saisi la première idée qui lui passait par la tête, et cinq minutes ne s'étaient pas écoulées qu'il accaparait déjà l'attention de tous ceux qui étaient présents dans le salon. Il possédait à merveille l'art de bavarder en société, c'est-à-dire l'art de sembler parfaitement naturel et de faire en même temps semblant de considérer ses interlocuteurs comme des gens tout aussi naturels que lui. Il pouvait le plus simplement du monde feindre, quand il le fallait, d'être le plus gai et le plus heureux des hommes. Il savait aussi très habilement placer dans son discours telle petite pique taquine, telle remarque amusante, un calembour drôle, mais vraiment comme par hasard, comme ça, en passant, alors que le bon mot en question, tout comme le calembour, la conversation elle-même, étaient sans doute déjà prêts et appris de longue date déjà, et avaient même été employés plus d'une fois. Mais à l'instant présent à son art se joignait la nature elle-même : il se sentait en forme, comme attiré par quelque chose; il ressentait l'assurance la plus totale et la plus triomphatrice que dans quelques minutes tous ces yeux seraient tournés vers lui, que tous ces gens n'écouteraient que lui seul, ne riraient que de ce qu'il dirait. Et en effet, bientôt on entendit un rire, peu à peu les autres aussi se mêlèrent à la conversation, — et il possédait à la perfection cette science qui consiste à attirer dans la conversation les autres aussi, — trois et puis quatre voix retentirent en même temps. Le visage triste et fatigué de madame Zakhlébinina s'illumina presque de satisfaction; il en était de même pour Katérina Fédosséïévna, qui écoutait et regardait comme sous le charme. Nadia le regardait en dessous en fixant sur lui ses yeux perçants; on remarquait qu'elle était déjà prévenue contre lui. Cela enflamma encore plus Veltchaninov. La « méchante » Maria Nikitichna avait tout de même réussi à glisser dans la conversation une pique assez bien sentie contre lui : elle avait inventé et affirmé que Pavel Pavlovitch l'avait recommandé hier comme son ami d'enfance, le vieillissant donc, — elle y fit clairement allusion, — de sept bonnes années. Mais à la méchante Maria Nikitichna aussi il avait plu. Pavel Pavlovitch était atterré. Il avait, bien sûr, quelque notion des ressources que possédait son ami et au début il était même content de son succès, lui-même riait et se mêlait à la conversation; mais, on ne sait pourquoi, il sembla tomber peu à peu dans une certaine perplexité, voire même pour finir dans la mélancolie, ce qu'exprimait clairement sa physionomie angoissée.

— Eh bien, vous êtes un invité que l'on n'a pas besoin d'occuper, finit par dire le vieux Zakhlébinine en se levant de sa chaise pour aller dans son bureau en haut où l'attendaient, malgré ce jour férié, quelques dossiers qu'il devait examiner; et pourtant, rendez-vous compte, parmi tous nos jeunes gens je vous considérais comme l'hypocondriaque le plus maussade qui soit. Vous voyez comme on se trompe !

Il y avait un piano dans la pièce; Veltchaninov demanda qui faisait de la musique, et il se tourna soudain vers Nadia.

— Mais il me semble que vous chantez ?

— Qui vous l'a dit ? répliqua Nadia en l'interrompant.

— Pavel Pavlovitch l'a dit tout à l'heure.

— Ce n'est pas vrai ; je chante seulement pour rire ; je n'ai pas de voix.

— Mais moi non plus je n'ai pas de voix, et pourtant je chante.

— Alors vous allez nous chanter quelque chose ? Si c'est comme ça, moi aussi je chanterai, dit Nadia dont les yeux brillaient, seulement pas maintenant, après le déjeuner. Je ne peux pas supporter la musique, ajouta-t-elle, j'en ai assez de ces pianos ; parce que chez nous du matin au soir on joue et on chante, il n'y a que Katia qui vaille quelque chose.

Veltchaninov prit immédiatement prétexte de ces paroles et il se trouvait que Katérina Fédosséïévna était la seule, en effet, parmi toutes qui fît sérieusement du piano. Il se tourna immédiatement vers elle pour lui demander de jouer. Tout le monde était apparemment content qu'il s'adresse à Katia et la maman en rougit même de satisfaction. Katérina Fédosséïévna se leva et alla vers le piano en souriant, et soudain, à sa propre surprise, elle fut toute rouge, et elle eut soudain terriblement honte de voir qu'elle, qui avait déjà vingt-quatre ans, qui était si replète, rougissait comme une petite fille, et tout cela était écrit sur son visage alors qu'elle s'installait pour jouer. Elle joua une pièce de Haydn et l'exécuta avec précision, mais sans expression toutefois; elle était timide. Quand elle eut fini, Veltchaninov lui adressa des paroles flatteuses, qui ne la concernaient pas elle-même, mais Haydn et en particulier cette petite pièce qu'elle avait jouée et, à l'évidence, cela lui fut si agréable, et elle écoutait avec tant de reconnaissance et de bonheur des louanges qui étaient adressées non pas à elle mais à Haydn, que Veltchaninov sans le vouloir la regarda plus tendrement et plus attentivement. « Hé ! hé ! tu n'es pas si mal que ça ! » pensa-t-il avec un regard qui s'éclaira, et tous comprirent en même temps ce regard, et particulièrement Katérina Fédosséïévna elle-même.

— Vous avez un jardin sympathique, s'adressa-t-il soudain à la compagnie en voyant les portes vitrées de la terrasse ; vous savez, si nous allions tous au jardin !

— Allons-y, allons-y ! dirent-ils tous en glapissant, comme s'il avait deviné le désir le plus cher de tout le monde.

On se promena dans le jardin jusqu'au déjeuner. Madame Zakhlébinina, qui avait depuis longtemps envie d'aller faire un somme, ne put se retenir et sortit se promener avec tout le monde, mais elle resta raisonnablement assise sur la terrasse pour se reposer, et elle somnola aussitôt. Les relations de Veltchaninov avec toutes les filles devinrent encore plus amicales. Il remarqua que deux ou trois jeunes gens des datchas voisines les avaient rejoints; l'un était étudiant et l'autre lycéen simplement. Chacun d'eux se précipita vers *sa* fille et on voyait qu'ils étaient venus pour elles; quant au troisième « jeune homme », un garçon très maussade et hirsute, aux immenses lunettes bleues, il s'était mis à chuchoter quelque chose avec un air empressé et renfrogné à Maria Nikitichna et à Nadia. Il examinait Veltchaninov avec dureté et estimait de son devoir, semble-t-il, de se comporter avec lui avec le plus parfait mépris. Quelques filles proposèrent que l'on commence à jouer au plus vite. A la question de Veltchaninov pour savoir quel jeu ils allaient faire, ils répondirent que l'on jouerait à tout et aussi à chat perché, mais que le soir on jouerait aux proverbes : autrement dit tout le monde s'assied et un seul sort pour un instant; tous ceux qui restent choisissent un proverbe, par exemple : « Qui va loin ménage sa monture », et quand on appelle celui qui s'est éloigné, chacun ou chacune doit préparer une phrase à lui dire. Le premier doit absolument dire une phrase où se trouve le mot « qui », le deuxième une phrase où se trouve le mot « va », etc. Et l'autre doit absolument saisir tous ces mots et grâce à eux deviner le proverbe.

— Cela doit être très amusant, remarqua Veltchaninov.

— Oh non, c'est très ennuyeux, répliquèrent deux ou trois voix en même temps.

— Sinon nous jouons aussi au théâtre, remarqua Nadia en s'adressant à lui. Vous voyez ce gros arbre, près duquel a été installé un banc : là-bas, derrière l'arbre, ce sont les coulisses en quelque sorte et c'est là que les acteurs sont assis, un roi par-ci, une reine par-là, une princesse, un jeune homme, c'est comme on veut; chacun arrive quand quelque chose lui vient à l'esprit et dit ce qui lui passe par la tête, eh bien ça donne quelque chose.

— Oui, c'est formidable! dit Veltchaninov en la félicitant une fois encore.

— Oh non, c'est très ennuyeux! Au début chacun entre gaiement, mais à la fin ça devient absurde, parce que personne ne sait comment terminer; peut-être qu'avec vous ce sera plus amusant. En fait nous pensions que vous étiez un ami de Pavel Pavlovitch, mais on voit bien qu'il s'est tout bonnement vanté. Je suis très contente que vous soyez venu... parce que j'ai une raison, dit-elle en regardant fort sérieusement et gravement Veltchaninov pour s'éloigner aussitôt en direction de Maria Nikitichna.

— Ce soir on va jouer aux proverbes, chuchota soudain à Veltchaninov sur le ton de la confidence une des copines, qu'il avait même jusqu'à présent à peine remarquée et avec laquelle il n'avait pas échangé un mot, ce soir on va tous se moquer de Pavel Pavlovitch, et vous aussi.

— Ah, comme c'est bien que vous soyez venu, sinon qu'est-ce qu'on s'ennuie à la maison, lui dit amicalement une autre copine, qu'il n'avait pas du tout remarquée jusqu'à présent, sortie Dieu sait d'où, une petite rousse, avec des taches de rousseur et au visage drôlement cramoisi à cause de la marche et de la chaleur.

L'inquiétude de Pavel Pavlovitch augmentait de plus en plus. En définitive Veltchaninov avait tout à fait réussi à faire la paix avec Nadia dans le jardin; elle ne le regardait plus sournoisement comme tout à l'heure et elle avait, semble-t-il, différé l'idée de l'examiner plus en détail, et elle riait, sautait, hurlait et deux ou trois fois elle l'attrapa même par la main; elle était terriblement heureuse; quant à Pavel Pavlovitch elle continuait à ne pas lui porter la moindre attention, comme si elle ne le remarquait pas. Veltchaninov était persuadé qu'il existait un complot certain contre Pavel Pavlovitch; Nadia avec la foule des jeunes filles attira Veltchaninov d'un côté et les autres jeunes filles sous divers prétextes attirèrent Pavel Pavlovitch de l'autre; mais celui-ci s'échappa et accourut immédiatement vers eux à toutes jambes, c'est-à-dire vers Veltchaninov et Nadia, et il ficha soudain entre eux son crâne chauve pour les épier avec un air inquiet. En définitive il ne se gêna même pas du tout; la naïveté de ses gestes et de ses mouvements était parfois étonnante. Veltchaninov ne pouvait pas, une fois encore, ne pas porter une attention particulière à Katérina Fédosséïévna; elle voyait clairement maintenant qu'il n'était pas du tout venu pour elle et qu'il était beaucoup trop intéressé par Nadia; mais son visage était toujours aussi gentil et bon que tout à l'heure. Elle était, semble-t-il, heureuse par le seul fait de se trouver à côté d'eux et d'écouter ce que disait le nouvel invité; quant à elle-même, la pauvre petite, elle ne savait pas du tout comment prendre part habilement à la conversation.

— Ah, comme votre sœur Katérina Fédosséïévna est sympathique! dit soudain tout doucement Veltchaninov à Nadia.

— Katia! Pourrait-il exister une âme meilleure que la sienne? C'est notre ange à nous tous, je l'adore, répondit-elle avec exaltation.

C'est à cinq heures enfin que le déjeuner commença, et on remarqua que ce déjeuner n'était pas non plus organisé comme d'habitude, mais spécialement pour les invités. Deux ou trois plats furent visiblement servis en plus de l'ordinaire, assez compliqués, l'un d'entre eux parfaitement étrange, au point même que personne ne put lui donner un nom. En dehors des vins de table ordinaires, apparut une bouteille de tokay, manifestement destinée aux invités ; à la fin du repas fut servi, on ne sait pourquoi, du champagne. Le vieux Zakhlébinine, qui avait bu un verre de trop, était d'une humeur des plus bienveillantes et prêt à rire de tout ce que disait Veltchaninov. Cela prit fin parce que Pavel Pavlovitch ne put se retenir plus longtemps ; entraîné par la compétition, il eut soudain l'idée de faire lui aussi un calembour et il le fit : au bout de la table, où il était assis à côté de madame Zakhlébinina, on entendit soudain les filles qui s'esclaffaient.

— Papa, papa ! Pavel Pavlovitch a fait lui aussi un calembour, s'écrièrent d'une seule voix les deux Zakhlébinina du milieu ; il dit que nous sommes « des filles dont il faut se méfier... ».

— Ah bon, lui aussi il fait des calembours ! Eh bien quel calembour a-t-il fait ? répliqua d'une voix mesurée le vieillard, en se tournant d'un air protecteur vers Pavel Pavlovitch et souriant d'avance au calembour attendu.

— Eh bien voilà, il dit que nous sommes « des filles dont il faut se méfier ».

— Ah bon ! Et alors ? dit le vieillard qui ne comprenait pas et qui souriait avec encore plus de bonhomie en attendant.

— Ah, papa, qu'est-ce qui vous arrive, vous ne comprenez pas ? Eh bien les filles et puis se mé-fi-er ; les filles et *mé-filler*, les filles dont il faut se méfier...

— Aaaah ! prononça le vieillard d'une voix traînante et perplexe. Hum ! Eh bien, la prochaine fois il trouvera quelque chose de mieux ! Et le vieillard éclata d'un rire joyeux.

— Pavel Pavlovitch, on ne peut quand même pas avoir toutes les perfections en même temps ! dit à haute voix Maria Nikitichna pour le taquiner. Ah, mon Dieu, il s'étrangle avec une arête ! s'écria-t-elle en bondissant de sa chaise.

Ce fut même un tohu-bohu, mais c'est justement ce dont avait envie Maria Nikitichna. Pavel Pavlovitch avait simplement avalé de travers le vin auquel il s'était raccroché pour dissimuler sa confusion, mais Maria Nikitichna affirmait et jurait ses grands dieux qu'il s'agissait d'une « arête » et qu'elle l'avait vue elle-même et qu'on pouvait « en mourir ».

— Il faut lui taper sur la nuque ! cria quelqu'un.

— En effet, c'est ce qu'il y a de mieux ! approuva de sa forte voix Zakhlébinine, mais des volontaires étaient déjà apparus : Maria Nikitichna, la petite copine rousse (également invitée au déjeuner) et, enfin, la mère de famille elle-même, qui avait eu terriblement peur, tout le monde voulait taper sur la nuque de Pavel Pavlovitch. Pavel Pavlovitch, qui avait bondi de la table et qui leur tournait le dos, dut assurer pendant une bonne minute qu'il avait seulement avalé de travers du vin et que sa toux allait tout de suite passer, avant qu'enfin on ne devine que tout cela n'était qu'une frasque de Maria Nikitichna.

— Eh bien, tout de même, quelle querelleuse tu fais! fit remarquer sévèrement madame Zakhlébinina à Maria Nikitichna, mais elle ne put se retenir et éclata aussitôt d'un rire qu'on ne lui connaissait que rarement, ce qui produisit aussi un certain effet. Après le déjeuner tout le monde sortit sur le balcon pour boire le café.

— Comme les journées sont agréables! dit avec bienveillance le vieillard qui louait la nature en regardant avec satisfaction le jardin, si seulement il pleuvait... Bon, je vais me reposer. Bonne chance, bonne chance, amusez-vous! Et toi aussi amuse-toi! dit-il en partant et il tapa sur l'épaule de Pavel Pavlovitch.

Quand tous se retrouvèrent dans le jardin, Pavel Pavlovitch accourut soudain vers Veltchaninov et l'attrapa par la manche.

— Une minute, je vous prie, murmura-t-il avec exaspération.

Ils s'éloignèrent vers un sentier isolé, dans un recoin du jardin.

— Non, cette fois-ci, je m'excuse, non, ici je ne le permettrai pas... murmura-t-il d'une voix entrecoupée par la rage, en saisissant la manche de Veltchaninov.

— Quoi, de quoi? demanda Veltchaninov, en ouvrant de grands yeux. Pavel Pavlovitch le regardait sans mot dire, il remua les lèvres et eut un sourire rageur.

— Où êtes-vous partis? Où êtes-vous? Tout est prêt déjà! Les voix impatientes des filles les appelaient. Veltchaninov haussa les épaules et rejoignit la compagnie. Pavel Pavlovitch courait aussi derrière lui.

— Je vous parie qu'il vous a demandé un mouchoir, dit Maria Nikitichna, la dernière fois aussi il l'avait oublié.

— Il l'oublie éternellement! reprit la Zakhlébinina du milieu.

— Il a oublié son mouchoir! Pavel Pavlovitch a oublié son mouchoir! Maman, Pavel Pavlovitch est encore enrhumé! Des voix retentissaient de partout.

— Et pourquoi ne le dit-il donc pas? Quel homme chichiteux vous faites, Pavel Pavlovitch, dit d'une voix traînante et chantante madame Zakhlébinina; il est dangereux de plaisanter avec un rhume : je vais tout de suite vous faire donner un mouchoir. Mais pourquoi est-il donc toujours enrhumé? ajouta-t-elle, en partant, alors qu'elle se réjouissait d'avoir l'occasion de rentrer à la maison.

— J'ai deux mouchoirs et je ne suis pas enrhumé ! cria derrière elle Pavel Pavlovitch, mais celle-ci, visiblement, ne l'avait pas compris, et une minute plus tard, alors que Pavel Pavlovitch trottait derrière tout le monde et cherchait à se rapprocher de Nadia et de Veltchaninov, une bonne essoufflée le rejoignit pour lui apporter quand même un mouchoir.

— On joue aux proverbes, on joue, on joue ! cria-t-on de toutes parts, exactement comme si l'on attendait Dieu sait quoi des « proverbes ». On choisit un endroit et on prit place sur des bancs ; ce fut à Maria Nikitichna de deviner ; on la fit s'éloigner le plus possible afin qu'elle n'entende pas ; en son absence on choisit le proverbe et on distribua les mots. Maria Nikitichna revint et le devina en un instant. Le proverbe était : « Terrible est le songe, mais Dieu est charitable. »

Après Maria Nikitichna ce fut le tour du jeune homme hirsute aux lunettes bleues. On exigea de lui encore plus de précautions, il dut se tenir près de la tonnelle, le visage complètement tourné vers la palissade. Le jeune homme maussade exécutait son devoir avec mépris et semblait même en ressentir une certaine humiliation morale. Quand on le héla, il fut incapable de deviner quoi que ce soit, fit le tour de tout le monde et écouta par deux fois ce qu'on lui disait, réfléchit longuement d'un air maussade, mais rien n'en résulta. On lui fit honte. Le proverbe était : « La prière à Dieu et le service au tsar ne sont pas vains ! »

— Ce proverbe est une abomination ! bougonna avec indignation le jeune homme mortifié en retournant à sa place.

— Ah, comme on s'ennuie ! dirent quelques voix.

Vint le tour de Veltchaninov ; on le cacha encore plus loin que tous les autres ; il ne trouva pas non plus la devinette.

— Bon, maintenant c'est à moi, dit Nadia.

— Non, non, maintenant c'est à Pavel Pavlovitch, c'est le tour de Pavel Pavlovitch, cria tout le monde avec un peu plus d'animation.

On emmena Pavel Pavlovitch tout près de la palissade, dans un coin, et on lui fit tourner la tête, et pour qu'il ne se retourne pas on chargea la petite rousse de le surveiller. Pavel Pavlovitch qui avait déjà repris courage et qui était de nouveau joyeux, avait l'intention d'exécuter pieusement son devoir et il restait là comme une souche, en regardant la palissade et en n'osant se retourner. La petite rousse le surveillait à vingt pas en arrière, plus près de la compagnie, à côté de la tonnelle, et échangeait des clins d'œil excités avec les filles ; on voyait que tout le monde attendait quelque chose avec une certaine inquiétude même ;

quelque chose se préparait. Soudain la petite rousse fit des signes de la main depuis la tonnelle. En un instant tout le monde bondit et se précipita à corps perdu dans toutes les directions.

— Courez, mais courez donc vous aussi ! chuchotèrent à Veltchaninov dix voix qui étaient presque terrorisées parce qu'il ne courait pas.

— Qu'est-ce que c'est ? Que se passe-t-il ? demanda-t-il en se pressant derrière tout le monde.

— Chut ! Ne criez pas ! Il n'a qu'à rester là-bas et regarder la palissade, nous, nous filons. Nastia, elle aussi, elle file.

La petite rousse (Nastia) courait à corps perdu, comme si Dieu sait quoi était arrivé, et elle faisait des signes de la main. Finalement, tout le monde arriva en courant derrière l'étang, qui se trouvait complètement à l'autre bout du jardin. Quand Veltchaninov arriva lui aussi là-bas, il vit que Katérina Fédosséïévna discutait vivement avec toutes les filles, et particulièrement avec Nadia et Maria Nikitichna.

— Katia, mon pigeon, ne te fâche pas ! disait Nadia en l'embrassant.

— Bon, d'accord, je ne dirai rien à maman, mais moi je m'en vais, parce que ce n'est vraiment pas bien. Qu'est-ce qu'il doit ressentir, le pauvre, près de la palissade.

Elle partit, par pitié, mais tous les autres demeurèrent implacables et sans pitié comme avant. On exigea fermement de Veltchaninov que, lorsque Pavel Pavlovitch rentrerait, il ne fasse pas attention à lui, comme si de rien n'était. « Quant à nous, jouons à chat perché », cria pleine d'enthousiasme la petite rousse.

Pavel Pavlovitch ne rejoignit la compagnie qu'au bout d'un quart d'heure au moins. Pendant les deux tiers de ce temps, il était sans doute resté debout près de la palissade. Le jeu à chat perché battait son plein et se déroulait à merveille, tout le monde criait et s'amusait. Fou de rage, Pavel Pavlovitch bondit droit vers Veltchaninov et l'attrapa de nouveau par la manche.

— Une minute, je vous prie !

— Oh, mon Dieu, qu'est-ce qu'il a avec ses minutes !

— Il demande encore une fois un mouchoir, s'écria tout le monde derrière lui.

— Eh bien cette fois, c'est vous ; là, c'est vous, c'est à cause de vous ! Pavel Pavlovitch claquait même des dents en disant cela.

Veltchaninov l'interrompit et lui conseilla calmement d'être plus joyeux, sinon on le taquinerait encore plus : « On vous taquine parce que vous êtes en colère, alors que tout le monde s'amuse. » A sa surprise ces mots et ce conseil frappèrent Pavel Pavlovitch ; il se calma immédiatement, au point même qu'il rejoignit la compagnie, tel un coupable, soumis, il prit part aux jeux communs ; puis, pendant quelque temps, on ne l'embêta pas et on joua avec lui comme avec tout le monde, et une demi-heure ne s'était pas écoulée qu'il était presque joyeux. Dans tous les jeux il formait un couple, quand cela était nécessaire, principalement avec la petite traîtresse rousse ou avec une des sœurs Zakhlébinina. Mais à sa totale surprise, Veltchaninov remarqua que pas une fois Pavel Pavlovitch n'avait osé adresser la parole à Nadia, bien qu'il s'empressât sans cesse à côté d'elle ou non loin d'elle ; au moins prenait-il cette position de celui qu'elle ne remarquait pas et qu'elle méprisait comme une chose naturelle, qui lui était due. Mais, pour finir, on lui fit quand même une nouvelle blague.

On jouait à « cache-cache ». Celui qui se cachait pouvait d'ailleurs courir à travers tout l'endroit où il était permis de se cacher. Pavel Pavlovitch, qui avait réussi à se dissimuler en pénétrant dans un buisson épais, eut soudain l'idée de courir pour se glisser dans la maison. Des cris retentirent, on l'avait aperçu ; en passant par l'escalier il se faufila à la hâte dans l'entresol, connaissant là un recoin derrière une commode où il pouvait disparaître. Mais la petite rousse avait bondi derrière lui, s'était approchée de la porte sur la pointe des pieds et l'avait claquée pour la fermer à clé. Immédiatement tout le monde, comme tout à l'heure, cessa de jouer pour courir vers l'étang, à l'autre bout du jardin. Une dizaine de minutes plus tard Pavel Pavlovitch, sentant que personne ne le cherchait, jeta un coup d'œil par la fenêtre. Il n'y avait personne. Il n'osait crier, pour ne pas réveiller les parents ; on avait donné à la femme de chambre et à la bonne des ordres stricts pour qu'elles ne viennent pas et ne répondent pas aux appels de Pavel Pavlovitch. Katérina Fédosséïévna aurait pu lui ouvrir, mais après être retournée dans sa chambre elle s'était assise pour rêvasser et s'était soudain endormie, elle aussi. Il resta assis près d'une heure ainsi. Enfin, on réapparut, comme par hasard, en passant, deux ou trois filles à la fois.

— Pavel Pavlovitch, pourquoi vous ne venez pas, vous êtes étonnant ! remarquèrent en passant d'autres filles.

— De quoi faut-il encore s'étonner ? retentit soudain la voix de madame Zakhlébinina, qui venait de se réveiller et qui avait enfin décidé d'aller au jardin et de regarder les jeux « des enfants » en attendant le thé.

— Eh bien, c'est Pavel Pavlovitch, lui dit-on en indiquant la fenêtre où apparaissait, avec un sourire grimaçant, son visage blême de colère.

— Quel intérêt peut-il y avoir à rester tout seul, alors que tout le monde s'amuse ? dit en hochant la tête la mère de famille.

Entre-temps Nadia avait bien voulu donner à Veltchaninov l'explication de ses paroles de tout à l'heure selon lesquelles « elle était très contente de sa venue parce qu'elle avait une raison ». L'explication avait eu lieu dans une allée isolée. Maria Nikitichna avait exprès appelé Veltchaninov qui était en train de participer à des jeux et qui commençait déjà à s'ennuyer ferme, et l'avait conduit dans l'allée où elle l'avait laissé seul avec Nadia.

— Je suis parfaitement convaincue, jacassa-t-elle avec de la volubilité et de l'audace, que vous n'êtes pas du tout l'ami de Pavel Pavlovitch tel qu'il s'est vanté d'avoir en parlant de vous. J'ai estimé que vous seul pouviez me rendre un service extrêmement important; voici son ignoble bracelet de tout à l'heure, — et elle sortit l'écrin de sa petite poche, — et je vous prie instamment de bien vouloir le lui rendre immédiatement, parce que, en ce qui me concerne, jamais et pour rien au monde je ne lui adresserai plus la parole de toute ma vie. D'ailleurs, vous pouvez le lui dire de ma part et ajouter qu'il n'ait plus l'audace de venir fourrer son nez par ici avec ses cadeaux. Pour le reste je le lui ferai savoir par l'intermédiaire des autres. Acceptez-vous de me faire plaisir, de faire ce que je désire?

— Ah, pour l'amour de Dieu, évitez-moi cela! s'exclama presque Veltchaninov, en agitant les bras.

— Comment! Comment vous éviter cela? dit Nadia qui était incroyablement surprise par son refus et qui écarquillait les yeux devant lui. Tout le ton qu'elle avait préparé s'était brisé en un instant, et elle pleurait presque. Veltchaninov éclata de rire.

— Ce n'est pas que je... je serais très content... mais j'ai des comptes à régler avec lui...

— Je savais que vous n'étiez pas son ami et qu'il avait menti! l'interrompit vivement et promptement Nadia; je ne me marierai jamais avec lui, sachez-le! Jamais! Je ne comprends pas, même, comment il a osé... Seulement vous devez malgré tout lui rendre ce bracelet répugnant, sinon qu'est-ce que je peux faire? Je veux absolument, absolument, qu'aujourd'hui même il le reçoive et qu'il avale cette couleuvre. Et s'il le rapporte à papa, eh bien il verra ce qu'il lui arrivera!

Soudain, et de façon tout à fait inattendue, jaillit de derrière un buisson le jeune homme hirsute aux lunettes bleues.

— Vous devez rendre le bracelet, dit-il en se précipitant avec rage sur Veltchaninov, ne serait-ce qu'au nom des droits de la femme, si tant est que vous-même soyez à la hauteur du problème...

Mais il n'eut pas le temps d'achever; Nadia le tira de toutes ses forces par la manche et l'emmena à l'écart de Veltchaninov.

— Mon Dieu, comme vous êtes stupide, Predpossylov! s'écria-t-elle, fichez le camp ! Fichez le camp ! Fichez le camp et n'ayez plus l'audace de nous écouter, je vous ai ordonné de rester éloigné !... Et elle frappa le sol de ses petits pieds en sa direction et, quand celui-ci eut refilé vers son buisson, elle continua malgré tout à marcher de long en large sur le sentier, comme hors d'elle, d'un bord à l'autre, les yeux brillants et les mains serrées devant elle.

— Vous ne croirez pas à quel point ils sont stupides ! dit-elle soudain en s'arrêtant devant Veltchaninov ; vous, cela vous fait rire, mais moi !

— Ainsi donc ce n'est pas *lui*, ce n'est pas *lui* ? dit en riant Veltchaninov.

— Bien sûr que ce n'est pas *lui*, et comment pouviez-vous croire cela ? dit en souriant et en rougissant Nadia. Ce n'est qu'un ami. Mais je ne sais pas comment il choisit ses amis, ils disent tous là-bas que c'est un « futur meneur », mais moi je n'y comprends rien... Alexéï Ivanovitch, je n'ai personne à qui m'adresser ; quel est votre dernier mot, vous le lui rendrez ou pas ?

— Bon d'accord, je lui rendrai, donnez-le.

— Ah, comme vous êtes gentil ! Ah, comme vous êtes bon ! se réjouit-elle soudain en lui tendant l'écrin ; pour la peine je chanterai pour vous toute la soirée, parce que je chante très bien, sachez-le ; tout à l'heure j'ai menti en disant que je n'aimais pas la musique. Ah, si vous veniez une autre fois peut-être, comme je serais contente, je vous raconterais tout, tout, tout, et beaucoup d'autres choses encore, parce que vous êtes si bon, si bon, comme... comme Katia !

Et en effet, quand on revint à la maison pour le thé, elle lui chanta deux romances d'une voix pas tout à fait travaillée encore et qui était seulement naissante, mais assez plaisante et puissante. Pavel Pavlovitch, alors que tout le monde était revenu du jardin, se trouvait en compagnie des parents pour prendre le thé, solidement assis à une table sur laquelle bouillait déjà un grand samovar familial et où étaient disposées les tasses à thé de famille en porcelaine de Sèvres. Sans doute était-il en train de discuter avec les vieillards de choses fort sérieuses, car le surlendemain il partait pour neuf mois complets. Ceux qui revenaient du jardin, et principalement Veltchaninov, il ne les regarda même pas ; il était évident que lui non plus ne « cafarderait » pas et que pour le moment tout était calme.

Mais quand Nadia se mit à chanter, il fit immédiatement son apparition. Nadia fit exprès de ne pas répondre à l'une de ses questions directes, mais cela ne troubla pas Pavel Pavlovitch et ne le fit pas hésiter ; il se planta derrière le dossier de la chaise de

Nadia, et toute son allure montrait qu'il s'agissait de sa place à lui et qu'il ne la céderait à personne.

— Alexéï Ivanovitch doit chanter, maman, Alexéï Ivanovitch veut chanter ! s'écrièrent presque toutes les filles qui se pressaient autour du piano, auquel s'installait Veltchaninov, sûr de lui, se disposant à s'accompagner lui-même. Les vieillards et Katérina Fédosséïévna, qui était assise avec eux et qui leur versait le thé, vinrent aussi.

Veltchaninov choisit une romance de Glinka que personne ou presque ne connaît plus de nos jours :

> Quand à l'heure joyeuse tu ouvriras tes lèvres
> Et que tu me parleras plus tendrement qu'une colombe...

Il la chanta, en ne s'adressant qu'à Nadia, qui était la plus proche de lui, debout, tout près de son coude. Depuis longtemps il n'avait plus de voix, mais on se rendait compte d'après ce qu'il en restait qu'elle n'avait pas été mauvaise autrefois. Cette romance, Veltchaninov avait eu la chance de l'entendre pour la première fois il y a une vingtaine d'années, quand il était étudiant, par Glinka lui-même, dans la maison d'un ami du défunt compositeur lui-même lors d'une soirée artistique et littéraire entre célibataires. Très en train, Glinka avait joué et chanté ses œuvres préférées, dont cette romance. Il n'avait plus de voix alors non plus, mais Veltchaninov se rappelait l'effet extrême qu'avait produit cette romance. Jamais un professionnel, un chanteur de salon n'aurait obtenu pareil effet. Dans cette romance l'intensité de la passion se déroule en s'élevant et en s'accroissant à chaque vers, à chaque mot ; c'est justement de par la force de cette intensité extrême que le moindre artifice, la moindre exagération et la moindre fausseté, qui se manifestent si facilement dans un opéra, en auraient ruiné et déformé tout le sens. Afin de chanter cette pièce, brève mais extraordinaire, il fallait absolument de la vérité, il fallait absolument une inspiration véritable et totale, une véritable passion ou sa totale recréation poétique. Sinon la romance non seulement n'eût pas été réussie mais aurait même pu sembler grotesque et presque indécente pour ainsi dire ; il eût été impossible de manifester avec une telle force l'intensité d'un sentiment passionné, sans éveiller le dégoût, mais la vérité et la *naïveté* sauvaient tout. Veltchaninov se rappelait que cette romance lui avait déjà réussi. Il avait presque assimilé la manière de chanter de Glinka ; mais maintenant, dès la première note, dès le premier vers une véritable inspiration s'était allumée dans son âme et vibrait dans sa voix. A chaque mot de la romance le sentiment transparaissait et se dénudait de plus en plus fortement et de façon de plus en plus osée ; dans les derniers vers on entendit des cris de passion, et quand il chanta, son regard brillant tourné vers Nadia, les derniers mots de la romance :

> Maintenant je regarde plus courageusement tes yeux
> J'approche mes lèvres et je n'ai plus la force d'écouter.
> Je veux embrasser, embrasser, embrasser !
> Je veux embrasser, embrasser, embrasser !

Nadia tressaillit presque de terreur, recula même un tout petit peu ; la rougeur couvrait ses joues, et au même instant il semblait que quelque sympathie avait été perçue par Veltchaninov dans sa frimousse presque timide et qui avait honte. Le charme et en même temps la perplexité se virent sur le visage de toutes les auditrices ; il semblait à toutes qu'on ne pouvait chanter ainsi et que c'était honteux, et en même temps toutes ces frimousses et ces petits yeux brûlaient et brillaient et semblaient attendre encore quelque chose. Au milieu de tous ces visages Veltchaninov distingua particulièrement celui de Katérina Fédosséïévna qui était devenu presque beau.

— Quelle romance ! marmonna le vieux Zakhlébinine quelque peu pantois, mais... n'est-ce pas trop fort ? C'est agréable, mais c'est fort...

— C'est fort... allait répliquer madame Zakhlébinina, mais Pavel Pavlovitch ne la laissa pas achever : il bondit soudain en avant et, tel un dément, éperdu au point de saisir Nadia de sa propre main pour l'écarter de Veltchaninov, il bondit vers lui et le regarda anéanti, remuant ses lèvres tremblantes.

— Un instant, je vous prie, eut-il à peine la force de dire enfin.

Veltchaninov voyait clairement qu'encore une minute et ce monsieur pouvait se résoudre à faire quelque chose de dix fois plus absurde encore ; il s'empressa de le prendre par le bras et sans faire attention à la perplexité générale il le fit sortir sur la terrasse et fit même avec lui quelques pas dans le jardin où il faisait déjà presque nuit.

— Comprenez-vous que vous devez tout de suite, à l'instant même partir avec moi ? dit Pavel Pavlovitch.

— Non, je ne comprends pas...

— Rappelez-vous, continua Pavel Pavlovitch en chuchotant avec fureur, rappelez-vous comment vous avez exigé de moi alors que je vous dise tout, oui *tout*, sincèrement, « mon dernier mot... », vous rappelez-vous ? Eh bien, il est temps que je vous le dise ce mot... allons-y !

Veltchaninov réfléchit, regarda une fois encore Pavel Pavlovitch et donna son accord pour partir.

Leur départ soudainement annoncé inquiéta les parents et troubla terriblement toutes les filles.

— Prenez au moins une dernière tasse de thé... gémit pitoyablement madame Zakhlébinina.

— Allons, pourquoi t'inquiètes-tu ? s'adressa d'un ton sévère et mécontent le vieillard à Pavel Pavlovitch qui souriait malicieusement et qui s'obstinait à garder le silence.

— Pavel Pavlovitch, pourquoi emmenez-vous Alexéï Ivanovitch ? roucoulèrent pitoyablement les filles, tout en le regardant avec fureur. Quant à Nadia, elle le regardait si méchamment qu'il se crispa, mais il ne céda pas.

— Mais c'est vrai, Pavel Pavlovitch, et je l'en remercie, m'a rappelé une affaire extrêmement importante que je risquais de manquer, dit en riant Veltchaninov, qui serra la main du maître de céans, salua la maîtresse de maison et les filles, et en particulier, au vu de tous, Katérina Fédosséïévna, ce qui fut de nouveau remarqué par tout le monde.

— Nous vous remercions de votre visite et nous serons toujours contents de vous voir, tous, conclut avec autorité Zakhlébinine.

— Ah, nous sommes si contents... ajouta avec émotion la mère de famille.

— Revenez, Alexéï Ivanovitch ! Revenez ! dirent de nombreuses voix depuis la terrasse, alors qu'il était déjà installé dans la calèche en compagnie de Pavel Pavlovitch ; peut-être y avait-il seulement une petite voix qui parlait plus doucement que les autres : « Revenez, cher, très cher Alexéï Ivanovitch ! »

« C'est la petite rousse ! » songea Veltchaninov.

13

DE QUEL CÔTÉ PENCHE LA BALANCE

Bien qu'il songeât encore à la petite rousse, le dépit et le remords oppressaient cependant depuis longtemps son âme. Et au cours de toute cette journée, si joyeusement passée semblait-il, l'angoisse ne l'avait presque pas quitté. Avant de chanter la romance il n'avait pas trouvé le moyen de s'en débarrasser; peut-être était-ce la raison pour laquelle il avait chanté avec une telle passion.

« Et j'ai pu m'humilier à ce point... rompre avec tout! » commençait-il presque à se reprocher, mais il interrompit bien vite ces pensées. Et il lui sembla humiliant de se plaindre; il était bien plus agréable de se fâcher au plus vite contre quelqu'un.

— I-di-ot! murmura-t-il en fureur, après avoir lorgné Pavel Pavlovitch qui était assis à côté de lui dans la calèche et se taisait.

Pavel Pavlovitch se taisait obstinément, peut-être pour se concentrer et se préparer à quelque chose. D'un geste impatient il ôtait parfois son chapeau et s'essuyait le front avec un mouchoir.

— Il est en sueur! dit méchamment Veltchaninov.

Une fois, peut-être, Pavel Pavlovitch s'adressa au cocher pour lui demander : « Y aura-t-il de l'orage ou pas? »

— Et comment! A coup sûr ça va tomber; toute la journée il a fait très lourd.

En effet, le ciel s'assombrissait et au loin jaillissaient des éclairs. Ils arrivèrent en ville alors qu'il était déjà dix heures et demie.

— Je vais chez vous, prévint Pavel Pavlovitch qui se tourna vers Veltchaninov alors qu'ils étaient non loin de chez lui.

— Je comprends; mais je vous préviens, je ne me sens vraiment pas bien...

— Je ne m'incrusterai pas, je ne m'incrusterai pas!

Au moment où ils pénétraient sous le porche, Pavel Pavlovitch fit un saut dans la loge de Mavra.

— Qu'est-ce que vous êtes allé faire là-bas ? demanda sévèrement Veltchaninov quand l'autre le rattrapa et qu'ils entraient dans l'appartement.

— Ce n'est rien, comme ça... le cocher...

— Je ne vous laisserai pas boire !

Il n'y eut pas de réponse. Veltchaninov alluma des chandelles et Pavel Pavlovitch s'installa aussitôt dans un fauteuil. Veltchaninov se planta devant lui avec un air maussade.

— Je vous ai aussi promis de vous dire mon « dernier » mot, commença-t-il avec une irritation intérieure, encore étouffée, eh bien le voici ce mot : je considère en toute conscience que toutes les affaires entre nous sont terminées, de sorte que nous n'avons même plus rien à nous dire ; vous entendez, plus rien ; et c'est pourquoi il vaudrait mieux que vous partiez tout de suite, afin que je ferme la porte derrière vous.

— Réglons les comptes, Alexéï Ivanovitch ! lança Pavel Pavlovitch, mais en le regardant dans les yeux avec une douceur particulière.

— Régler les comptes ? dit terriblement surpris Veltchaninov. Vous avez lâché un mot bien étrange ! « Régler » quels comptes ? Bah ! Mais n'est-ce pas là votre « dernier mot », celui que vous m'avez promis tout à l'heure de... dévoiler ?

— Celui-là même...

— Nous n'avons plus aucun compte à régler, il y a longtemps que les comptes sont réglés ! lança fièrement Veltchaninov.

— C'est vraiment ce que vous pensez ? prononça d'un ton pénétré Pavel Pavlovitch, qui avait croisé étrangement ses mains devant lui, doigts dans les doigts, et qui les tenait devant sa poitrine. Veltchaninov ne lui répondit pas et se mit à arpenter la pièce. « Liza ? Liza ? » gémissait son cœur.

— Et d'ailleurs, de quelle façon vouliez-vous régler les comptes ? dit-il en s'adressant à lui d'un air maussade, après un assez long silence. Pendant tout ce temps l'autre le suivait des yeux dans la pièce, en tenant toujours devant lui ses mains croisées.

— N'allez plus là-bas, chuchota-t-il presque d'une voix suppliante et soudain il se leva de sa chaise.

— Comment ? C'est seulement pour cela ? Veltchaninov éclata d'un rire haineux. Cela étant, aujourd'hui vous m'avez étonné toute la journée, commença-t-il fielleusement ; mais soudain tout son visage se modifia. Écoutez-moi, dit-il avec une tristesse accompagnée d'un sentiment profond et sincère, je considère que je ne me suis jamais humilié autant qu'aujourd'hui, premièrement en donnant mon accord pour vous accompagner et ensuite à cause de ce qui s'est passé là-bas... C'était si mesquin, si pitoyable... je me suis souillé et avili, après m'être lié... et avoir oublié que... Eh bien quoi! reprit-il soudain, écoutez : vous m'avez agressé aujourd'hui de façon imprévue, moi qui suis irrité et malade... il n'y a quand même pas de quoi se justifier! Je n'irai plus là-bas et je vous assure que je n'ai là-bas aucun intérêt, conclut-il résolument.

— C'est vrai, c'est vrai ? s'écria Pavel Pavlovitch sans dissimuler une joie émue.

Veltchaninov le regarda avec mépris et se remit à arpenter la pièce.

— Il me semble que vous avez décidé d'être heureux coûte que coûte ? ne put-il finalement se retenir de remarquer.

— Oui, confirma doucement et naïvement Pavel Pavlovitch.

« Qu'est-ce que cela peut me faire, pensait Veltchaninov, qu'il soit bouffon et méchant par bêtise ? Malgré tout je ne peux pas ne pas le haïr, bien qu'il n'en vaille pas la peine ! »

— Je suis un « éternel mari » ! proféra Pavel Pavlovitch avec une humble soumission, en ricanant de lui-même. Il y a longtemps que je connaissais ce mot de vous, Alexéï Ivanovitch, déjà quand vous viviez avec nous là-bas. Je me suis souvenu de beaucoup de vos mots d'alors, cette année-là. La dernière fois que vous avez parlé ici d'« éternel mari », je m'en suis rendu compte.

Mavra entra avec une bouteille de champagne et deux verres.

— Excusez-moi, Alexéï Ivanovitch, vous savez qu'autrement je ne peux pas. Ne considérez pas cela comme une impudence ; considérez-moi comme un étranger et comme quelqu'un qui n'a pas votre valeur...

— Certes... se permit de dire avec dégoût Veltchaninov, mais je vous assure que je ne me sens pas bien...

— Juste un instant, un tout petit instant, voilà, tout de suite ! dit Pavel Pavlovitch en s'affairant. Juste un petit verre, parce que j'ai la gorge...

Il vida avidement le verre d'un coup, puis il s'assit, en regardant presque avec tendresse Veltchaninov. Mavra sortit.

— Quelle abjection ! murmura Veltchaninov.

— Ce ne sont que des copines, dit soudain en s'animant Pavel Pavlovitch qui était complètement revenu à lui.

— Comment ? Quoi ? Ah oui, c'est toujours au sujet de...

— Seulement des copines ! Et en outre c'est si jeune ; ça fanfaronne avec grâce, hein ! Ça a même du charme. Et là-bas, là-bas, vous savez, je serai son esclave ; elle verra le respect, la société... elle refera complètement son éducation.

« Il faut pourtant que je lui rende le bracelet ! » pensa Veltchaninov qui se renfrognait en tâtant l'écrin dans la poche de son manteau.

— Vous venez de dire que je me suis décidé à être heureux ? Il faut que je me marie, Alexéï Ivanovitch, continua Pavel Pavlovitch sur le ton presque émouvant de la confidence, sinon qu'est-ce que je vais devenir ? Vous le voyez vous-même ! Et il montra la bouteille ; et ce n'est pas le moindre de mes défauts. Il m'est absolument impossible de ne pas me marier et de ne pas avoir... une foi nouvelle, une foi solide qui me ressuscitera.

— Mais pourquoi me faites-vous savoir cela, à moi ? répliqua Veltchaninov en pouffant presque de rire. Tout cela lui semblait d'ailleurs saugrenu. Mais en définitive dites-moi, s'écria-t-il, pourquoi m'avez-vous traîné là-bas ? En quoi vous étais-je nécessaire ?

— Pour éprouver... dit en se troublant soudain Pavel Pavlovitch.

— Éprouver quoi ?

— L'effet... Voyez-vous, Alexéï Ivanovitch, il n'y a guère plus d'une semaine que je... (Il était de plus en plus confus.) Hier je vous ai rencontré et j'ai pensé : « Je ne l'ai encore jamais vue dans la compagnie d'autrui, si je puis dire, je veux dire en compagnie d'un autre homme, en plus de moi... » C'est une idée stupide, je le sens moi-même maintenant, superflue. Cela me faisait trop envie, à cause de mon mauvais caractère... Il leva soudain la tête et rougit.

« Est-ce possible qu'il me dise toute la vérité ? » s'étonna Veltchaninov au point d'en être médusé.

— Eh bien quoi ? demanda-t-il.

Pavel Pavlovitch sourit doucereusement avec un air malin.

— Il n'y a que le charme enfantin ! Toutes des petites copines ! Pardonnez-moi seulement pour ma conduite stupide d'aujourd'hui devant vous, Alexéï Ivanovitch ; je ne le ferai plus jamais ; et cela ne se reproduira plus jamais.

— Quant à moi je n'irai plus là-bas, ricana Veltchaninov.

— C'est notamment de cela que je parle.

Veltchaninov s'inclina légèrement.

— Seulement je ne suis pas seul au monde, remarqua-t-il avec irritation.

Pavel Pavlovitch rougit de nouveau.

— Cela me fait de la peine à entendre, Alexéï Ivanovitch, et croyez-le bien, je respecte tant Natalia Vassiliévna...

— Excusez-moi, excusez-moi, ce n'est pas ce que je voulais... Il m'est seulement un peu étrange de constater à quel point vous avez exagéré mes moyens... et... à quel point vous avez si sincèrement espéré en moi...

— J'ai espéré précisément qu'après tout ce qui s'était passé... après tout ce qui a eu lieu.

— Donc, s'il en est ainsi, vous me considérez maintenant encore comme quelqu'un vraiment plein de noblesse? dit en s'arrêtant soudain Veltchaninov. A tout autre moment il eût été lui-même effrayé de la naïveté de sa question soudaine.

— Je l'ai toujours ainsi considéré, dit Pavel Pavlovitch en baissant les yeux.

— Bon, sans doute... ce n'est pas ce que je voulais dire, enfin pas dans ce sens-là, je voulais seulement dire que malgré toutes les... préventions...

— Oui, malgré les préventions.

— Et quand vous alliez à Pétersbourg? ne put se retenir de demander Veltchaninov, sentant lui-même toute la monstruosité de sa curiosité.

— Quand j'allais à Pétersbourg aussi je vous considérais comme quelqu'un d'une grande noblesse. Je vous ai toujours respecté, Alexéï Ivanovitch; Pavel Pavlovitch leva les yeux et regarda clairement, sans la moindre confusion, son adversaire. Veltchaninov eut soudain la frousse : il n'avait décidément pas envie que quelque chose se produise ou bien que quelque chose dépasse les limites, d'autant plus que lui-même avait fait de la provocation.

— Je vous ai aimé, Alexéï Ivanovitch, déclara Pavel Pavlovitch comme avec une soudaine fermeté, durant toute cette année à T., je vous ai aimé. Vous ne l'avez pas remarqué, poursuivit-il d'une voix légèrement tremblante, ce qui mit dans une terreur absolue Veltchaninov; j'étais bien plus petit comparé à vous pour me faire remarquer. Et peut-être ne le fallait-il pas. Et durant toutes ces neuf années je me suis souvenu de vous, parce que je n'ai pas connu une année pareille à celle-là dans toute ma vie. (Les yeux de Pavel Pavlovitch se mirent à briller de façon particulière.) Je me suis souvenu de vos nombreux mots et de vos formules, de vos pensées. Je me souvenais toujours de vous comme d'un homme plein d'ardeur pour les bons sentiments, et cultivé, très cultivé, avec des idées. « Les grandes idées ne viennent pas tant d'un esprit élevé que d'un sentiment élevé », vous l'avez dit vous-même, peut-être l'avez-vous oublié, mais moi je me le rappelle. J'ai donc toujours compté sur vous, comme sur quelqu'un ayant des sentiments élevés... et j'ai donc eu confiance, en dépit de tout... Son menton se mit soudain à trembler. Veltchaninov était complètement effrayé; il fallait faire cesser ce ton inattendu, coûte que coûte.

— Cela suffit, je vous en prie, Pavel Pavlovitch, grommela-t-il en rougissant et avec une irritation impatiente, et dans quel but, dans quel but, s'écria-t-il soudain, dans quel but vous vous en prenez à un malade, à un homme exaspéré, un homme qui est presque en délire, et que vous traînez dans ces ténèbres... alors que tout n'est que fantôme, mirage, mensonge, honte et artifice, et que tout dépasse la mesure, oui, c'est là l'essentiel, c'est là ce qu'il y a de plus honteux, dépasse la mesure ! Et tout est stupide : nous sommes tous les deux des hommes vicieux, souterrains, vils... Et si vous le voulez, si vous le voulez, je vais immédiatement vous démontrer que non seulement vous ne m'aimez pas, mais que vous me haïssez, de toutes vos forces, et que vous mentez, sans que vous le sachiez vous-même : vous êtes passé me prendre pour m'emmener là-bas pas du tout dans ce but ridicule, — pour éprouver la fiancée (quelle idée !), — mais simplement parce que vous m'avez vu hier et que vous *êtes devenu hargneux*, et vous m'avez emmené pour me montrer et dire : « Tu la vois ! Elle sera à moi ; essaie un peu maintenant ! » Vous m'avez défié ! Vous ne le saviez peut-être pas vous-même, mais c'est ainsi, parce que vous avez senti tout cela... Et sans haine il n'est pas possible de défier quelqu'un ; donc vous me haïssiez ! Il s'agitait dans la chambre en criant ces mots et ce qui le torturait et l'offensait le plus était la conscience de son humiliation d'être allé aussi bas que Pavel Pavlovitch.

— Je désirais faire la paix avec vous, Alexéï Ivanovitch ! murmura-t-il soudain d'un air décidé et rapide alors que son menton se mettait de nouveau à tressaillir.

Une rage frénétique saisit Veltchaninov, comme si jamais personne ne l'avait offensé à ce point !

— Je vous le dis une fois encore, hurla-t-il, vous... vous vous en prenez à un homme malade et irrité afin de lui arracher je ne sais quel mot chimérique, alors que je délire ! Nous sommes... oui, nous ne sommes pas des gens du même monde, comprenez-le, et... et... entre nous il y a une tombe ! murmura-t-il en rage, et il reprit soudain ses esprits...

— Et qu'est-ce que vous en savez ? répliqua Pavel Pavlovitch dont le visage blême s'était soudain déformé, est-ce que vous savez ce que signifie pour moi cette petite tombe ici... en moi ? cria-t-il en s'approchant de Veltchaninov et en frappant son poing sur sa poitrine en un geste ridicule, mais terrible. Je connais cette petite tombe qui est ici, et nous sommes tous les deux de part et d'autre de cette tombe, seulement la balance penche de mon côté plus que du vôtre... murmura-t-il comme en délire, tout en continuant à se battre la poitrine, beaucoup plus, beaucoup, beaucoup plus... Soudain un coup extraordinaire de la clochette de la porte d'entrée les fit reprendre leurs esprits à l'un et l'autre. On sonnait si violemment qu'il semblait que quelqu'un s'était donné pour tâche d'arracher la sonnette du premier coup.

— On ne sonne pas comme cela chez moi, dit Veltchaninov troublé.

— Et chez moi non plus, murmura timidement Pavel Pavlovitch qui avait aussi repris ses esprits et qui était en un instant redevenu le Pavel Pavlovitch d'avant. Veltchaninov se renfrogna et alla ouvrir la porte.

— Monsieur Veltchaninov, si je ne m'abuse ? dit dans l'entrée une voix jeune, sonore et extraordinairement sûre d'elle-même.

— Qu'est-ce que vous voulez ?

— Je suis en possession du renseignement précis, poursuivit la voix sonore, selon lequel un certain Troussotski se trouve à l'instant présent chez vous. Je dois absolument le voir immédiatement.

Il eût été bien sûr agréable à Veltchaninov de mettre à la porte d'un bon coup de pied ce monsieur si sûr de lui. Mais il réfléchit, s'écarta et le laissa passer.

— Voici monsieur Troussotski, entrez...

14

SACHENKA ET NADIENKA

Un jeune homme entra dans la pièce : il avait dix-neuf ans environ, un peu moins peut-être tant son joli visage semblait juvénile, empreint d'une fierté pleine d'assurance. Il n'était pas mal habillé, du moins tout ce qu'il portait lui allait bien ; il avait une taille supérieure à la moyenne, des cheveux bruns, épais, aux mèches folles, ainsi que de grands yeux audacieux et sombres qui ressortaient particulièrement dans sa physionomie. Il avait seulement le nez un peu large et retroussé ; n'eût été cela, il eût été un fort bel homme. Il entra avec importance.

— Il me semble que j'ai... l'occasion... de parler à monsieur Troussotski, prononça-t-il de façon mesurée et en mettant en relief avec une satisfaction particulière le mot « occasion » pour lui faire ainsi savoir qu'il ne saurait être question pour lui d'un quelconque honneur ou d'un quelconque plaisir de parler avec monsieur Troussotski.

Veltchaninov commençait à comprendre ; Pavel Pavlovitch, lui aussi, semblait percevoir quelque chose. L'inquiétude se dessina sur son visage ; cependant il se contenait.

— N'ayant pas l'honneur de vous connaître, répondit-il avec prestance, je suppose que je ne saurais en aucune façon avoir affaire à vous.

— Commencez par écouter et ensuite vous exprimerez votre opinion, répliqua le jeune homme d'un ton édifiant et plein d'assurance ; puis, après avoir sorti un lorgnon en écaille suspendu à un cordon, il se mit à examiner la bouteille de champagne qui était sur la table. Après avoir tranquillement terminé l'examen de la bouteille, il prononça en se tournant de nouveau vers Pavel Pavlovitch : Alexandre Lobov.

— Et qu'est-ce que c'est, Alexandre Lobov ?

— C'est moi. Vous n'en avez pas entendu parler ?

— Non.

— D'ailleurs, comment auriez-vous pu ? Je viens pour une

affaire importante, vous concernant personnellement; permettez-moi tout de même de m'asseoir, je suis fatigué...

— Asseyez-vous, lui proposa Veltchaninov; mais le jeune homme avait eu le temps de s'installer avant l'invitation. Malgré la douleur qui augmentait dans sa poitrine, Veltchaninov éprouvait un certain intérêt pour ce petit effronté. Dans sa bonne frimousse, juvénile et rougeaude, on distinguait aussi une lointaine ressemblance avec Nadia.

— Asseyez-vous, vous aussi, proposa l'adolescent à Pavel Pavlovitch, en lui indiquant d'un hochement désinvolte de la tête la place en face.

— Peu importe, je resterai debout.

— Vous allez vous fatiguer. Vous, monsieur Veltchaninov, vous pouvez, je vous en prie, ne pas sortir.

— Je n'ai pas à sortir, je suis chez moi.

— Comme vous voulez. Je souhaite même, je l'avoue, que vous soyez présent lors de mon explication avec ce monsieur. Nadiéjda Fédosséïévna m'a parlé de vous en termes plutôt flatteurs.

— Bah! Quand l'a-t-elle pu?

— Tout à l'heure, après votre départ, je viens en effet de là-bas, moi aussi. Eh bien voici, monsieur Troussotski, et il se tourna vers Pavel Pavlovitch qui restait debout; nous, je veux dire Nadiéjda Fédosséïévna et moi-même, susurra-t-il entre ses dents tout en s'étalant négligemment dans le fauteuil, nous nous aimons depuis longtemps et nous nous sommes donné notre parole. Vous êtes dès lors un obstacle entre nous : je suis venu vous proposer de vider la place. Un accord sur ma proposition vous convient-il?

Pavel Pavlovitch en tituba; il blêmit, mais un sourire caustique se dessina aussitôt sur ses lèvres.

— Non, cela ne me convient absolument pas, dit-il en l'interrompant de façon laconique.

— C'est ainsi! répliqua l'adolescent en se tournant dans son fauteuil et en croisant les jambes.

— Je ne sais même pas à qui je m'adresse, ajouta Pavel Pavlovitch, je pense même qu'il n'y a pas lieu de poursuivre.

Ayant dit cela, il estima nécessaire de s'asseoir lui aussi.

— Je vous avais dit que vous vous fatigueriez, remarqua négligemment l'adolescent; je viens d'avoir l'occasion de vous informer que je m'appelle Lobov et que Nadiéjda Fédosséïévna et moi-même nous nous sommes donné notre parole, en conséquence, vous ne pouvez pas dire, comme vous venez de le faire, que vous ne savez pas à qui vous avez affaire; vous ne pouvez pas non plus penser que nous n'avons pas lieu de poursuivre cette conversation : sans même parler de moi, l'affaire concerne Nadiéjda Fédosséïévna que vous importunez si insolemment. Et ce fait constitue à lui seul une raison suffisante pour des explications.

Il susurra tout cela entre ses dents, comme un fait acquis, daignant à peine articuler les mots ; il ressortit même son lorgnon pour le tourner vers quelque chose durant une minute alors qu'il parlait.

— Permettez-moi, jeune homme... commença à s'écrier Pavel Pavlovitch irrité, mais le « jeune homme » le remit tout de suite à sa place.

— A tout autre moment je vous aurais bien entendu interdit de m'appeler « jeune homme », mais maintenant, reconnaissez que ma jeunesse est mon principal avantage sur vous et que vous auriez eu très envie, aujourd'hui par exemple, quand vous étiez en train d'offrir votre bracelet, d'être un soupçon plus jeune.

— Ah, espèce de vipère ! murmura Veltchaninov.

— En tous les cas, mon cher monsieur, dit Pavel Pavlovitch en se reprenant avec dignité, je ne trouve pas, malgré tout, que les raisons que vous mettez en avant, raisons incorrectes et fort douteuses, soient suffisantes pour poursuivre le débat à leur sujet. Je vois que tout cela est puéril et creux ; dès demain je prendrai mes renseignements auprès du cher Fédosséï Sémionovitch, et pour le moment je vous prie de me dispenser de votre présence.

— Voyez-vous la tournure d'esprit de cet individu ! s'écria aussitôt l'adolescent, sans retenue, en s'adressant tout enflammé à Veltchaninov. Il ne lui suffit pas qu'on le chasse de là-bas en lui tirant la langue, il veut en plus nous dénoncer demain au vieux ! Ne démontrez-vous pas de la sorte, individu obtus, que vous voulez prendre la jeune fille de force, que vous l'achetez auprès de gens qui n'ont plus tout leur esprit, qui, du fait de la barbarie sociale, conservent un pouvoir sur elle ? Elle vous a suffisamment montré, me semble-t-il, qu'elle vous méprisait ; on vous a pourtant rendu votre indécent cadeau d'aujourd'hui, votre bracelet ? Que vous faut-il de plus ?

— Personne ne m'a rendu de bracelet, et cela ne se peut pas, dit en sursautant Pavel Pavlovitch.

— Comment, cela ne se peut pas ? Est-ce que monsieur Veltchaninov ne vous l'a pas rendu ?

« Ah, que le diable t'emporte ! » pensa Veltchaninov.

— En effet, dit-il en se renfrognant, Nadiéjda Fédosséïévna m'a confié cet écrin tout à l'heure pour que je vous le rende, Pavel Pavlovitch. Je ne l'aurais pas pris, mais elle me l'a demandé... le voici... je suis confus...

Il sortit l'écrin et, troublé, le posa devant Pavel Pavlovitch qui était stupéfait.

— Pourquoi donc ne l'aviez-vous pas rendu jusqu'à présent ? s'adressa sévèrement le jeune homme à Veltchaninov.

— Je n'ai sans doute pas eu le temps, dit celui-ci en se renfrognant.

— C'est étrange.

— Quoi ?

— C'est pour le moins étrange, reconnaissez-le vous-même. D'ailleurs, je suis prêt à reconnaître qu'il y a là un malentendu.

Veltchaninov eut terriblement envie de se lever et de tirer sur-le-champ les oreilles du gamin, mais il ne put se retenir et pouffa soudain de rire en le regardant. Il n'en était pas de même pour Pavel Pavlovitch ; si Veltchaninov avait pu remarquer le regard terrible que celui-ci lui adressait quand il avait éclaté de rire à cause de Lobov, il aurait compris que cet homme à cet instant dépassait la ligne fatale... Mais, bien que Veltchaninov n'ait pas vu ce regard, il avait compris qu'il fallait soutenir Pavel Pavlovitch.

— Écoutez, monsieur Lobov, commença-t-il sur un ton amical, sans entrer dans des arguties au sujet de certaines raisons que je ne veux pas aborder, je vous ferai seulement remarquer que Pavel Pavlovitch, en demandant la main de Nadiéjda Fédosséïévna, apporte avec sa personne, malgré tout, premièrement une parfaite notoriété dans cette famille respectable, deuxièmement une situation excellente et respectable, enfin, une fortune, et il est donc naturellement fondé à s'étonner de voir un adversaire tel que vous, un individu avec sans doute de grandes qualités, mais à ce point jeune qu'il ne saurait vous prendre pour un adversaire sérieux... et il a donc raison de vous demander d'en finir.

— Que signifie « à ce point jeune » ? J'ai eu dix-neuf ans il y a un mois. La loi me permet de me marier depuis longtemps. Voilà tout.

— Mais quel père se déciderait à vous donner sa fille maintenant, même si vous deviez devenir plus tard multimillionnaire et si vous deviez être je ne sais quel bienfaiteur de l'humanité ? Un individu de dix-neuf ans ne peut même pas répondre de lui-même, et vous décidez de prendre sur votre conscience l'avenir de quelqu'un d'autre, c'est-à-dire l'avenir d'un enfant, comme vous ! Ce n'est pas tout à fait noble, qu'en pensez-vous ? Je me suis permis de dire cela parce que vous vous êtes vous-même adressé à moi tout à l'heure en tant qu'intermédiaire entre Pavel Pavlovitch et vous.

— Ah oui, c'est vrai, il s'appelle Pavel Pavlovitch ! remarqua l'adolescent. Je ne sais pas pourquoi j'ai cru qu'il s'appelait Vassili Pétrovitch ! Eh bien voilà, dit-il en s'adressant à Veltchaninov, vous ne m'avez pas étonné le moins du monde ; je savais que vous étiez tous pareils ! Il est étrange cependant que l'on m'ait parlé de vous comme d'un homme assez moderne même. D'ailleurs, tout cela, ce ne sont que des bêtises, et le fait est qu'il n'y a rien qui manque de noblesse de ma part, comme vous vous êtes permis de le dire, et c'est même le contraire, ce que j'espère vous faire comprendre. Tout d'abord, nous nous sommes donné notre parole et, en outre, je lui ai carrément promis, devant deux témoins, que si elle venait à en aimer un autre ou simplement si elle regrettait de s'être mariée avec moi et qu'elle veuille divorcer, je lui donnerais immédiatement un certificat d'adultère me concernant pour soutenir de la sorte une demande de divorce là où il faut. De plus : au cas où par la suite je voudrais faire machine arrière et je refuserais de lui donner ce certificat, eh bien, en guise de garantie, le jour même de nos noces je lui donnerais une traite de cent mille roubles sur moi-même, de sorte qu'en cas d'obstination à ne pas lui donner ce certificat elle pourrait tout de suite transmettre cette traite et je serais grillé ! De la sorte tout est garanti et je ne fais courir de risque à aucun avenir. Bon, cela c'est le premièrement.

— Je parie que c'est ce, comment déjà, ce Predpossylov qui vous a trouvé cela ? s'écria Veltchaninov.

— Hi ! hi ! hi ! ricana fielleusement Pavel Pavlovitch.

— Pourquoi ce monsieur ricane-t-il ? Vous avez deviné : c'est une idée de Predpossylov ; et reconnaissez que c'est malin. La loi absurde est complètement paralysée. Bien sûr j'ai l'intention de l'aimer toujours, mais elle, elle ricane terriblement ; mais c'est malgré tout habile, et noble, reconnaissez-le quand même, et n'importe qui ne se déciderait pas à le faire.

— Je pense que non seulement ce n'est pas noble, mais c'est même vil.

Le jeune homme haussa les épaules.

— Une fois encore vous ne m'étonnez pas, remarqua-t-il après un certain silence, tout cela a cessé depuis trop longtemps de m'étonner. Predpossylov, lui, vous aurait carrément rétorqué que cette incompréhension des choses les plus naturelles qui est la vôtre provient d'une perversion de vos sentiments et des notions les plus ordinaires, premièrement du fait de votre longue vie absurde et, deuxièmement, du fait d'une longue oisiveté. Il se peut, d'ailleurs, que nous ne nous comprenions pas ; mais malgré tout on m'avait parlé de vous en bons termes... Vous avez bien une cinquantaine d'années, non ?

— Venons-en, je vous prie, à notre affaire.

— Excusez mon indiscrétion et ne vous vexez pas ; c'était sans intention. Je continue : je ne suis pas du tout un futur multimillionnaire, comme vous vous êtes permis de vous exprimer (et quelle idée avez-vous bien eue !). Je suis tout entier ici, tel que vous me voyez, mais en revanche je suis parfaitement sûr de mon avenir. Je ne serai pas un de ces héros ou de ces bienfaiteurs, mais je garantirai ce qu'il faut pour mon épouse et moi-même. Bien sûr, je ne possède rien maintenant, et j'ai même été élevé dans leur maison, depuis mon enfance...

— Comment ça ?

— C'est comme ça, parce que je suis le fils d'un parent éloigné de l'épouse de ce Zakhlébinine, et tous les miens sont morts alors que j'avais huit ans ; le vieillard m'a pris chez lui et puis m'a fait entrer au lycée. Cet homme est bon tout de même, si vous voulez savoir...

— Je le sais...

— Oui ; mais c'est une trop vieille tête. Il est quand même bon. Maintenant, bien sûr, je suis sorti de sa tutelle, désirant moi-même gagner ma vie et n'être redevable qu'à moi-même.

— Et quand en êtes-vous sorti ? dit Veltchaninov piqué par la curiosité.

— Cela fera bien quatre mois.

— Bon, maintenant je comprends tout : des amis d'enfance ! Eh bien, vous avez une place ?

— Oui, dans le privé, chez un notaire, pour vingt-cinq roubles par mois. Bien sûr, ce n'est que provisoire, mais quand j'ai fait ma demande là-bas, je ne l'avais pas. Je travaillais alors dans les chemins de fer, pour dix roubles, mais tout cela ce n'est que provisoire.

— Et vous avez vraiment fait votre demande ?

— Une demande en bonne et due forme, et il y a longtemps, il y a bien trois semaines.

— Bon et alors ?

— Le vieux a bien ri, et puis il s'est beaucoup fâché ; quant à elle, on l'a enfermée en haut, à l'entresol. Mais Nadia a tenu de façon héroïque. D'ailleurs toute la malchance est venue de ce qu'il avait déjà avant une dent contre moi parce que j'avais abandonné une place dans un ministère qu'il m'avait trouvée il y a quatre mois, avant les chemins de fer. C'est un brave vieillard, je le répète une fois encore, chez lui il est simple et gai, mais dès qu'il est au ministère, vous ne pouvez pas vous imaginer ! C'est Jupiter qui trône ! Naturellement je lui ai fait savoir que ses manières cessaient de me plaire, mais le fond de l'affaire, c'était l'adjoint du chef de bureau : ce monsieur s'était mis en tête de se plaindre parce que je l'aurais soi-disant « injurié », alors que je lui avais simplement déclaré qu'il était arriéré. Je les ai tous laissés tomber et je suis maintenant chez le notaire.

— Et au ministère vous gagniez bien ?

— Oh, j'étais hors cadre ! C'est le vieux qui me soutenait, je vous le dis, il est bon ; mais malgré tout, nous ne céderons pas. Bien sûr, vingt-cinq roubles ce n'est pas une garantie, mais j'ai bon espoir de m'occuper très prochainement de l'intendance des domaines du comte Zaviléïski qui sont en train de péricliter, alors carrément pour trois mille ; comme avocat je crois. On cherche des gens maintenant... Fichtre ! Quel tonnerre, il va y avoir de l'orage, il vaut mieux que je me dépêche avant l'orage ; c'est que je viens de là-bas à pied, j'ai presque couru tout le temps.

— Mais permettez, quand avez-vous donc eu le temps de discuter avec Nadiéjda Fédosséïévna, si en plus on ne vous reçoit pas ?

— Mais voyons, à travers la palissade c'est possible ! Vous avez remarqué la petite rousse tout à l'heure ? dit-il en riant. Eh bien c'est elle qui se débrouille avec Maria Nikitichna ; seulement, c'est une vipère cette Maria Nikitichna !... Pourquoi grimacez-vous ? Vous n'avez quand même pas peur du tonnerre ?

— Non, je ne suis pas bien, pas bien du tout... répondit Veltchaninov qui, en effet, s'était levé du fauteuil et avait essayé de marcher un peu dans la pièce à cause de sa douleur dans la poitrine qui le faisait soudain souffrir.

— Ah bon, si c'est ainsi je vous gêne évidemment ; ne vous inquiétez pas, je m'en vais tout de suite ! Et l'adolescent bondit de sa place.

— Vous ne gênez pas, ce n'est rien, dit Veltchaninov en faisant des délicatesses.

— Comment ce n'est rien, quand « Kobylnikov a mal au ventre », vous vous rappelez chez Chtchédrine ? Vous aimez Chtchédrine [1] ?

— Oui...

— Moi aussi. Eh bien, Vassili... ah zut, Pavel Pavlovitch, finis-

1. Kobylnikov est le personnage central de la nouvelle de Saltykov-Chtchédrine « Pour les enfants » publiée en 1863. Kobylnikov, petit fonctionnaire de province, est amoureux de la fille de son supérieur, une certaine Nadia, qui a quinze ans, comme la Nadia Zakhlébinina de « L'éternel mari ». Il se rend pour le réveillon de Noël à une soirée où se trouve l'élue de son cœur pour laquelle il a tenté d'écrire quelques vers médiocres. Bien que tous les jeunes gens de la soirée se moquent abondamment de lui, il demande la main de la jeune fille au père, qui ne prête aucune attention à cette requête. Gêné et honteux, il veut s'en aller discrètement, mais un camarade de Nadia fait croire à tout le monde que celui-ci quitte la soirée parce qu'il a mal au ventre.

sons-en ! dit-il presque en riant alors qu'il se tournait vers Pavel Pavlovitch. Je vous formule encore une fois, afin que cela soit clair pour vous, la question : êtes-vous d'accord pour dès demain renoncer officiellement devant les vieux et en ma présence à toutes vos prétentions sur la personne de Nadiéjda Fédosséïévna ?

— Je ne suis absolument pas d'accord, répliqua Pavel Pavlovitch qui se leva, plein d'impatience et de rage, et en outre je vous prie une fois encore de me faire grâce... parce que tout cela, ce ne sont que des enfantillages et des bêtises.

— Regardez ça ! dit l'adolescent en pointant vers lui un doigt vengeur accompagné d'un sourire hautain : ne faites pas d'erreurs dans vos comptes ! Savez-vous à quoi conduisent de telles erreurs dans les comptes ? Eh bien moi je vous préviens que dans neuf mois, quand vous aurez bien dépensé votre argent, que vous serez exténué et que vous reviendrez ici, vous serez vous-même obligé de renoncer à Nadiéjda Fédosséïévna, et si alors vous ne refusez pas, cela ira mal pour vous ; c'est là où votre affaire vous conduira ! Je dois vous avertir, vous êtes comme le chien sur son tas de foin, excusez, c'est seulement une comparaison : rien pour vous, rien pour les autres. Je vous le répète par humanité : réfléchissez, forcez-vous à réfléchir posément, ne serait-ce qu'une seule fois dans votre vie.

— Je vous prie de me faire grâce de votre morale, s'écria Pavel Pavlovitch en rage, et quant à vos allusions répugnantes, dès demain je prendrai des mesures, des mesures sévères !

— Des allusions répugnantes ? Mais à quel sujet ? Vous êtes vous-même répugnant, si seulement cela peut atteindre votre cerveau. D'ailleurs je suis d'accord pour attendre jusqu'à demain, mais si... Ah ! Encore ce tonnerre ! Au revoir, enchanté d'avoir fait votre connaissance, dit-il à Veltchaninov en hochant la tête et il partit en courant, apparemment pour se dépêcher d'arriver avant l'orage et ne pas se retrouver sous la pluie.

15

LES COMPTES SONT RÉGLÉS

— Vous avez vu? Vous avez vu? dit Pavel Pavlovitch en bondissant sur Veltchaninov, à peine l'adolescent était-il sorti.

— Oui, vous n'avez pas de chance! gaffa soudain Veltchaninov. Il n'aurait pas lâché ces mots, si cette douleur qui montait dans sa poitrine ne l'avait torturé et rendu hargneux. Pavel Pavlovitch sursauta, comme s'il s'était brûlé.

— Eh bien, vous ne m'avez donc pas rendu le bracelet par pitié pour moi, hein?

— Je n'ai pas eu le temps...

— Par la pitié de tout votre cœur, en tant que véritable ami d'un véritable ami?

— Eh bien oui, j'ai eu pitié de vous, dit Veltchaninov dans sa hargne.

Il lui raconta cependant brièvement comment on lui avait rendu tout à l'heure le bracelet et comment Nadiéjda Fédosséïévna l'avait presque de force obligé à s'immiscer...

— Vous comprenez, pour rien au monde je ne l'aurais pris; il y a suffisamment de désagréments sans cela!

— Vous vous êtes laissé entraîner et vous l'avez pris! ricana Pavel Pavlovitch.

— C'est stupide de votre part; d'ailleurs, il faut vous excuser. Vous venez bien de voir vous-même que ce n'est pas moi qui suis au centre de l'affaire, mais les autres!

— Malgré tout, vous vous êtes laissé entraîner.

Pavel Pavlovitch s'assit et remplit son verre.

— Vous supposez que je vais céder devant ce gamin-là. Je vais le mater, voilà! Dès demain j'irai là-bas et je le materai. Nous allons transformer en fumée ce minus à peine sorti de la maternelle...

Il but son verre presque d'une seule gorgée et en remplit un autre; d'une manière générale il s'était mis à agir avec une familiarité inhabituelle jusque-là.

— Hé! hé! Nadienka et Sachenka, quels gentils petits enfants, hi! hi! hi!

Il était fou furieux. Un formidable coup de tonnerre éclata de nouveau ; un éclair brilla de façon aveuglante et la pluie se mit à tomber à verse. Pavel Pavlovitch se leva et ferma la fenêtre qui était ouverte.

— Tout à l'heure il vous demande : « Est-ce que vous n'avez pas peur du tonnerre ? » — hi ! hi ! Veltchaninov a peur du tonnerre ! Kobylnikov — c'est comment déjà ? — Kobylnikov qui a... A propos des cinquante ans, hein ? Vous vous souvenez ? ricanait Pavel Pavlovitch.

— Bon, de toute façon, installez-vous ici, remarqua Veltchaninov, articulant à peine les mots à cause de la douleur, je vais me coucher... faites ce que vous voulez.

— Même un chien on ne le chasse pas par un temps pareil ! reprit vexé Pavel Pavlovitch, presque content d'ailleurs d'avoir le droit de se vexer.

— Bon d'accord, restez, buvez... passez la nuit ici, même ! dit en geignant Veltchaninov qui s'étendit sur le divan pour gémir en silence.

— Passer la nuit ici ? Mais vous... vous n'aurez pas peur ?

— De quoi ? dit Veltchaninov en soulevant légèrement la tête.

— De rien, comme ça. La dernière fois vous sembliez effrayé, ou du moins c'est ce que j'ai cru...

— Vous êtes stupide ! ne put se retenir de dire Veltchaninov qui se retourna furieux vers le mur.

— Ce n'est rien, répliqua Pavel Pavlovitch.

Le malade s'endormit très vite, une minute après s'être couché. Toute la tension extraordinaire de cette journée, ajoutée au fort dérèglement de sa santé ces derniers temps, s'était soudain brisée, et il avait perdu ses forces, comme un enfant. Mais la douleur avait malgré tout repris le dessus et avait vaincu la fatigue et le sommeil ; une heure plus tard il se réveilla et se leva douloureusement du divan. L'orage s'était calmé ; la pièce était enfumée, la bouteille était vide, et Pavel Pavlovitch dormait sur l'autre divan. Il était couché sur le dos, la tête renversée sur le coussin du divan, complètement habillé avec ses bottes aux pieds. Le lorgnon de tout à l'heure, qui avait glissé de sa poche, était suspendu à son cordon et touchait presque le sol. Le chapeau traînait à côté, par terre également. Veltchaninov le regarda d'un air maussade et ne le réveilla pas. Il était tordu et marchait de long en large dans la pièce parce qu'il n'avait plus la force de rester couché, il gémissait et ne pensait plus qu'à sa douleur.

Il avait peur de cette douleur dans la poitrine et non sans raison. Ces crises étaient apparues il y a déjà longtemps, mais elles survenaient très rarement, une fois par an ou tous les deux ans.

Il savait que cela venait du foie. D'abord il y avait quelque chose qui s'accumulait dans un point de la poitrine, au creux de l'estomac ou plus haut, pas encore de façon nette, ou violente, mais accentuant l'oppression. Augmentant incessamment pendant parfois dix heures d'affilée, la douleur atteignait finalement une telle violence, l'oppression devenait à ce point insupportable que le malade entrevoyait la mort. Lors de la dernière crise, survenue il y a un an, après une douleur qui avait duré neuf heures avant de finir par se calmer, il était devenu soudain si faible que, alité, il pouvait à peine bouger le bras, et le médecin ne l'avait autorisé à boire pendant un jour que quelques cuillerées de thé et une petite pincée de pain émietté dans du bouillon, comme pour un nouveau-né. Cette douleur surgissait en diverses circonstances, mais toujours lorsque ses nerfs avaient été malades. Et elle passait étrangement aussi : parfois il arrivait qu'il la prenne à temps, dès le début, grâce à de simples cataplasmes, et tout passait d'un coup; parfois au contraire, comme lors de la dernière crise, rien n'y faisait, et la douleur ne s'apaisait qu'en prenant un vomitif fréquemment et à petites doses. Le médecin avait avoué par la suite qu'il avait été persuadé qu'il s'agissait d'un empoisonnement. Pour l'heure, le matin était encore loin, il n'avait pas envie d'envoyer chercher un médecin en pleine nuit, et puis il n'aimait pas les médecins. Enfin, il ne put se contenir plus longtemps et il se mit à gémir bruyamment. Les gémissements réveillèrent Pavel Pavlovitch : il se souleva sur le divan et resta assis un certain temps, écoutant effarouché et suivant d'un regard hébété Veltchaninov qui courait presque d'une pièce à l'autre. La bouteille qu'il avait bue avait aussi, à l'évidence, fortement agi sur lui contrairement à l'habitude, et longtemps il ne put retrouver ses sens; enfin, il comprit et se précipita sur Veltchaninov qui lui susurra quelque chose en guise de réponse.

— Chez vous cela vient du foie, je le sais ! dit soudain Pavel Pavlovitch en s'agitant terriblement; chez Piotr Kouzmitch, monsieur Polossoukhine, c'était exactement la même chose, ça venait du foie. Il faudrait peut-être des cataplasmes. Piotr Kouzmitch prenait toujours des cataplasmes... C'est qu'on peut en mourir ! Je file chez Mavra, hein ?

— Il ne faut pas, il ne faut pas, refusa Veltchaninov en faisant un geste d'irritation, il ne faut rien faire.

Mais Pavel Pavlovitch, Dieu sait pourquoi, était presque hors de lui, comme s'il s'agissait du salut de son propre fils. Il n'obéit pas et de toutes ses forces insista sur la nécessité des cataplasmes et, en plus, de deux ou trois tasses de thé léger, à boire d'un coup, « pas simplement chaud, non, mais bouillant ! ». Il courut donc chez Mavra sans attendre la permission; avec son aide il alluma le feu dans la cuisine qui restait toujours vide, mit en route le samovar; entre-temps il avait réussi à coucher le malade, à ôter ses vêtements, à l'envelopper dans une couverture, et en quelque vingt minutes seulement il avait préparé aussi bien le thé que le premier cataplasme.

— Ce sont des assiettes chaudes, brûlantes! dit-il presque exalté, en posant une assiette enveloppée dans une serviette sur la poitrine douloureuse de Veltchaninov; il n'y a pas d'autres cataplasmes et ça prendra du temps pour en trouver, et les assiettes, je vous le jure, c'est vraiment ce qu'il y a de mieux; de mes yeux je l'ai vu et je l'ai expérimenté de mes propres mains sur Piotr Kouzmitch. C'est qu'on peut en mourir. Buvez du thé, avalez, et tant pis si vous vous brûlez; la vie a plus de prix... que l'élégance...

Il secoua sans ménagement Mavra qui était à moitié endormie; les assiettes étaient changées toutes les trois ou quatre minutes. Après la troisième assiette et la deuxième tasse de thé bouillant, bue d'un trait, Veltchaninov ressentit soudain un soulagement.

— Et dès l'instant que la douleur s'éloigne, eh bien, gloire à Dieu, c'est un bon signe! cria Pavel Pavlovitch, qui courut plein d'allégresse chercher une autre assiette et un autre thé. Il faudrait seulement venir à bout de la douleur! Il nous faudrait seulement extirper la douleur! répétait-il à tout bout de champ.

Une demi-heure plus tard la douleur s'était tout à fait atténuée, mais le malade était tellement épuisé que, malgré toutes les implorations de Pavel Pavlovitch, il se refusa à supporter « encore une petite assiette ». Ses yeux se fermaient de faiblesse.

— Dormir, dormir, répétait-il d'une voix faible.

— Mais bien sûr! accorda Pavel Pavlovitch.

— Vous passez la nuit ici... quelle heure est-il?

— Bientôt deux heures moins le quart.

— Passez la nuit ici.

— Oui, oui.

Une minute plus tard le malade héla de nouveau Pavel Pavlovitch.

— Vous, vous, chuchota-t-il quand celui-ci accourut et qu'il se pencha au-dessus de lui, vous... vous êtes meilleur que moi. Je comprends tout, tout... je vous remercie.

— Dormez, dormez, chuchota Pavel Pavlovitch, au plus vite, et il se dirigea sur la pointe des pieds vers son divan.

Le malade, en s'endormant, entendit encore Pavel Pavlovitch faire à la va-vite son lit, ôter ses vêtements et, enfin, après avoir éteint les chandelles, et respirant à peine pour ne pas faire de bruit, s'étendre sur son divan.

Veltchaninov dormit et se réveilla sans doute peu de temps après que les bougies furent éteintes ; il s'en souvint clairement par la suite. Mais pendant tout son sommeil, jusqu'à la minute même où il se réveilla, il rêva qu'il ne dormait pas et qu'il ne pouvait absolument pas s'endormir, malgré toute sa faiblesse. Enfin, il rêva qu'il se mettait à délirer éveillé et qu'il ne pouvait absolument pas chasser les visions qui se bousculaient autour de lui malgré la pleine conscience qu'il ne s'agissait que d'un délire et non de la réalité. Ces visions étaient toujours les mêmes ; sa chambre semblait pleine de gens et la porte de l'entrée restait ouverte ; une foule de gens entraient et se pressaient dans l'escalier. Derrière une table, posée au milieu de la pièce, était assis un homme — exactement comme l'autre fois, quand il avait fait le même rêve il y a un mois. Comme l'autre fois, cet homme était assis, accoudé sur la table, et il ne voulait pas parler ; mais maintenant, il avait un chapeau rond avec un crêpe. « Comment ? Est-il possible que l'autre fois c'était aussi Pavel Pavlovitch ? » pensa Veltchaninov, mais, après avoir regardé le visage de l'homme qui se taisait, il fut convaincu que celui-ci était quelqu'un de complètement différent. « Pourquoi donc porte-t-il un crêpe ? » dit Veltchaninov perplexe. Le bruit, le brouhaha et les cris des gens qui se pressaient près de la table étaient terribles. Il semblait que ces gens étaient encore plus furieux contre Veltchaninov que dans l'autre rêve ; ils lui faisaient des gestes menaçants et lui criaient de toutes leurs forces quelque chose, mais quoi au juste, il ne pouvait absolument pas le saisir. « Mais enfin, c'est un rêve, enfin je le sais bien ! lui venait-il à l'esprit, je sais que je ne pouvais pas m'endormir et je viens de me lever parce que je ne pouvais rester couché à cause de mon angoisse !... » Mais cependant les cris et les gens, leurs gestes, tout était si clair, si réel, que parfois il était pris d'un doute : « Est-il possible qu'il s'agisse vraiment d'un délire ? Que veulent de moi ces gens, mon Dieu ! Mais si ce n'était pas un délire, est-il possible que des cris pareils n'aient pas réveillé jusqu'à présent Pavel Pavlovitch ? Enfin, il dort, là, sur le divan ! » Finalement, quelque chose se produisit soudain, une fois encore comme dans l'autre rêve ; tous se précipitèrent vers l'escalier et se pressèrent terriblement vers la porte, parce que depuis l'escalier avançait dans la pièce une autre foule. Ces gens portaient quelque chose avec eux, quelque chose de grand et de lourd ; on entendait les pas des porteurs résonner lourdement sur les marches de l'escalier et leurs voix essoufflées s'interpeller vivement. Dans la pièce tous s'écrièrent : « On le porte, on le porte ! », tous les yeux brillèrent et se tournèrent vers Veltchaninov ; tous, menaçants et triomphants, lui indiquaient l'escalier. Ne doutant plus un instant que tout cela n'était pas du délire, mais la réalité, il se haussa sur la pointe des pieds afin de distinguer le plus rapidement possible, au-dessus de toutes les têtes, ce qu'on était en train de porter. Son cœur battait-battait-battait, et soudain — exactement comme l'autre fois, dans l'autre rêve — trois coups de sonnette très forts retentirent. Et de nouveau, c'était une sonnerie si claire, si réellement palpable qu'une telle sonnerie ne saurait bien entendu être perçue dans un rêve!... Il cria et se réveilla.

Mais il ne se précipita pas, comme l'autre fois, pour courir vers la porte. Quelle pensée guidait son premier mouvement et avait-il à cet instant ne serait-ce qu'une pensée? Il semblait qu'on lui avait soufflé ce qu'il devait faire : il se jeta hors du lit, se précipita les mains en avant comme pour se défendre et arrêter une attaque, directement vers l'endroit où dormait Pavel Pavlovitch. Ses mains heurtèrent immédiatement d'autres mains qui étaient étendues au-dessus de lui, et il les saisit violemment; quelqu'un était donc déjà debout, penché au-dessus de lui. Les rideaux étaient tirés, mais il ne faisait pas complètement noir, parce que depuis l'autre pièce, où il n'y avait pas de rideaux semblables, filtrait déjà une faible lumière. Soudain quelque chose lui coupa, avec une terrible douleur, la paume et les doigts de la main gauche, et il comprit subitement qu'il avait saisi le tranchant d'un couteau ou d'un rasoir, et qu'il l'avait fortement serré dans sa main... Au même instant quelque chose tomba par terre avec un bruit sec et lourd.

Veltchaninov était sans doute trois fois plus fort que Pavel Pavlovitch, mais la lutte entre eux dura longtemps, trois longues minutes. Rapidement il l'immobilisa par terre et retourna ses bras dans le dos, mais on ne sait pourquoi il voulut absolument attacher ces bras qui étaient retournés en arrière. Il se mit à chercher à tâtons, de la main droite, — en tenant de sa main gauche blessée l'assassin, — le cordon du rideau de la fenêtre et longtemps il ne put le trouver, mais enfin il le saisit et l'arracha de la fenêtre. Il s'étonna ensuite lui-même de la force extraordinaire qui avait été nécessaire pour cela. Durant ces trois minutes ni l'un ni l'autre n'avaient prononcé un mot; on n'entendait que leur respiration lourde et les bruits sourds de leur lutte. Enfin, après avoir tordu et attaché dans le dos les bras de Pavel Pavlovitch, Veltchaninov le laissa par terre, se leva, écarta le rideau de la fenêtre, souleva un peu le store. Dans la rue déserte il faisait déjà clair. Après avoir ouvert la fenêtre, il resta debout quelques instants, aspirant l'air profondément. Il n'était pas encore cinq heures. Après avoir fermé la fenêtre il se dirigea sans se presser vers l'armoire, trouva une serviette propre et en serra très fortement sa main gauche, afin d'arrêter l'écoulement du sang. Il heurta avec ses pieds le rasoir ouvert qui était sur le tapis; il le prit, le ferma, le mit dans la boîte à rasoirs qui avait été oubliée depuis le matin sur la petite table, juste à côté du divan sur lequel dormait Pavel Pavlovitch, et il enferma la boîte à clé dans le bureau. Et tout cela étant fait, il s'approcha de Pavel Pavlovitch et se mit à l'examiner.

Entre-temps celui-ci avait réussi à se relever avec difficulté du tapis et à s'installer dans le fauteuil. Il n'était pas habillé, il était seulement en linge, sans bottes même. Sa chemise était maculée de sang sur le dos et les manches; mais ce sang n'était pas le sien, mais celui de la main coupée de Veltchaninov. Bien entendu, c'était Pavel Pavlovitch, mais on aurait presque pu ne pas le reconnaître à première vue, si on l'avait rencontré par hasard, tant sa physionomie avait changé. Il était assis, maladroitement redressé dans le fauteuil à cause de ses bras attachés dans le dos, le visage décomposé et torturé, vert, et par instants il tressaillait. Fixement, mais avec des yeux sombres qui ne distinguaient pas encore tout, il regarda Veltchaninov. Soudain il sourit bêtement et, après avoir jeté un œil sur la carafe d'eau qui était sur la table, il dit dans un bref demi-murmure :

— Un peu d'eau.

Veltchaninov lui en versa et lui donna à boire de ses propres mains. Pavel Pavlovitch se pencha avec avidité sur l'eau; après trois gorgées, il leva la tête, regarda très fixement le visage de Veltchaninov qui se tenait devant lui un verre à la main, mais il ne dit rien et finit le verre. Après avoir bu, il soupira profondément. Veltchaninov prit son coussin, attrapa ses habits et se rendit dans l'autre pièce, après avoir enfermé à clé Pavel Pavlovitch dans la première pièce.

Sa douleur de tout à l'heure était complètement passée, mais il ressentit de nouveau une faiblesse extrême après la tension présente, subite de cette force qu'il avait trouvée Dieu sait où. Il aurait bien tenté de comprendre ce qui s'était passé, mais ses pensées se liaient encore mal; le coup avait été trop violent. Soit ses yeux se fermaient, parfois même durant une dizaine de minutes, soit il sursautait soudain, se réveillait, revoyait tout, soulevait sa main douloureuse enveloppée dans une serviette humectée de sang, et il se mettait à penser avidement et fébrilement. Il ne résolut clairement qu'une seule chose : Pavel Pavlovitch avait véritablement voulu l'égorger, mais peut-être encore un quart d'heure plus tôt il ne savait pas lui-même qu'il l'égorgerait. La boîte à rasoirs était peut-être passée devant ses yeux depuis le soir, sans susciter pour autant la moindre pensée, et elle était seulement restée dans sa mémoire. (Les rasoirs étaient toujours dans son bureau, enfermés à clé, et ce n'est que la veille au matin que Veltchaninov les en avait sortis pour raser les poils superflus autour de sa moustache et de ses favoris, ce qu'il n'avait jamais l'habitude de faire.)

« S'il avait eu depuis longtemps l'intention de me tuer, il aurait sans doute préparé à l'avance un couteau ou un pistolet, et il n'aurait pas compté sur mes rasoirs, qu'il n'avait jamais vus jusqu'à hier soir », lui vint-il notamment en tête.

Six heures sonnèrent enfin. Veltchaninov ouvrit les yeux, s'habilla et alla chez Pavel Pavlovitch. En ouvrant la porte il ne put comprendre : pourquoi avait-il enfermé à clé Pavel Pavlovitch et pourquoi ne l'avait-il pas alors chassé de chez lui ? A sa surprise, le prisonnier était complètement habillé ; sans doute avait-il trouvé le moyen de se détacher. Il était assis dans un fauteuil, mais il se leva dès que Veltchaninov entra. Il avait déjà son chapeau à la main. Son regard angoissé voulait dire, comme s'il était pressé :

« Ne commence pas à parler ; inutile de commencer ; il n'y a rien à dire... »

— Fichez le camp ! dit Veltchaninov. Prenez votre écrin, ajouta-t-il derrière lui.

Pavel Pavlovitch arrivé à la porte revint, saisit sur la table l'écrin qui contenait le bracelet, le fourra dans sa poche et sortit dans l'escalier. Veltchaninov restait dans l'entrebâillement de la porte pour fermer derrière lui. Leurs regards se rencontrèrent pour la dernière fois ; Pavel Pavlovitch s'arrêta soudain, tous les deux se regardèrent dans les yeux environ cinq secondes, comme s'ils hésitaient ; enfin Veltchaninov fit de son bras un geste faible.

— Allez, filez ! dit-il à mi-voix et il ferma la porte à clé.

16

ANALYSE

Il fut envahi d'un sentiment de joie extraordinaire, immense ; quelque chose était fini, dénoué ; cette angoisse terrible était partie et s'était complètement dissipée. C'est ce qu'il lui semblait. Elle avait duré cinq semaines. Il soulevait sa main, regardait la serviette humectée de sang et marmonnait : « Si, maintenant tout est complètement fini ! » Et toute cette matinée, pour la première fois durant ces trois semaines, il ne pensa presque pas à Liza, comme si le sang de ses doigts coupés pouvait « régler les comptes » même à cette angoisse.

Il avait clairement conscience d'avoir échappé à un épouvantable danger. « Ces gens, lui venait-il à l'esprit, oui ces gens-là qui, une minute avant, ne savent pas encore s'ils vont égorger quelqu'un ou pas, dès qu'ils prennent un couteau dans leur main tremblante et qu'ils sentent la première éclaboussure du sang chaud sur leurs doigts, ils ne se contenteront pas de vous égorger, ils vous trancheront la tête "tout net" comme disent les bagnards. C'est ainsi. »

Il ne pouvait rester chez lui et il sortit dans la rue, persuadé qu'il était nécessaire de faire quelque chose immédiatement ou bien que quelque chose allait absolument lui arriver sur-le-champ ; il marchait dans la rue et attendait. Il eut terriblement envie de rencontrer quelqu'un, de parler avec quelqu'un, voire même un inconnu, et ce n'est que cela qui lui suggéra finalement l'idée d'un médecin et la nécessité de panser sa main comme il faut. Le médecin, un ancien ami, après avoir examiné la plaie, lui demanda avec curiosité : « Comment cela a-t-il pu vous arriver ? » Veltchaninov s'en sortit par une plaisanterie, des ricanements et faillit tout lui raconter, mais se retint. Le médecin fut contraint de lui prendre le pouls et après avoir pris connaissance de la crise de la nuit précédente, il l'exhorta à prendre dès maintenant un calmant qu'il avait sous la main. Pour ce qui est de la blessure, il le rassura également : « Il ne saurait y avoir de mauvaises conséquences. » Veltchaninov éclata de rire et se mit à lui assurer que les conséquences étaient déjà merveilleuses. Le désir irrépressible de *tout* raconter lui vint encore deux fois en tête ce jour-là, une fois avec un total inconnu, avec lequel il avait lui-même engagé la conversation dans une confiserie. Jusqu'à présent il ne pouvait supporter de lier conversation avec des inconnus dans les lieux publics.

Il allait dans les magasins, achetait les journaux, il passa chez son tailleur pour se commander un costume. L'idée de rendre visite aux Pogoreltsev continuait de lui être désagréable, il ne pensait pas à eux, et puis il ne pouvait pas aller à la campagne : il semblait être toujours en train d'attendre quelque chose ici, en ville. Il déjeuna avec délectation, engagea la conversation avec le serveur, comme avec son voisin de table et il but une demi-bouteille de vin. Il ne songeait pas à l'éventualité d'un retour de la crise de la veille ; il était convaincu que la maladie avait complètement disparu à l'instant même où, après s'être endormi la veille avec une telle faiblesse, il avait bondi de son lit une heure et demie plus tard pour jeter à terre avec tant de force son assassin. Le soir, cependant, sa tête se mit à tourner et quelque chose de semblable au délire éveillé de la veille s'empara de lui quelques instants. Il rentra chez lui la nuit tombée et eut presque peur de son appartement en y pénétrant. Son appartement lui sembla effrayant et sinistre. Il en fit plusieurs fois le tour et alla même dans sa cuisine, où il n'entrait presque jamais. « C'est là qu'ils ont chauffé les assiettes hier », songea-t-il. Il ferma solidement la porte à clé et alluma les chandelles plus tôt que d'habitude. En fermant la porte il se souvint qu'une demi-heure plus tôt, alors qu'il passait devant la loge, il avait appelé Mavra pour lui demander : « Pavel Pavlovitch est-il passé en mon absence ? » exactement comme s'il était possible en effet que celui-ci passe chez lui.

Après avoir soigneusement fermé la porte, il ouvrit le bureau, tira le tiroir qui contenait les rasoirs et ouvrit le rasoir « de la veille » pour l'examiner. De minuscules taches de sang restaient sur le manche blanc en os. Il le reposa dans le tiroir et l'enferma de nouveau dans le bureau. Il avait envie de dormir ; il sentait la nécessité de se coucher, sinon le lendemain il ne serait bon à rien. Il se représentait la journée du lendemain, on ne sait pourquoi, comme devant être fatidique et « définitive ». Mais les pensées, qui ne l'avaient pas quitté un instant toute la journée dans la rue, continuaient à se presser et à cogner dans sa tête malade, incessamment et irrésistiblement, et il ne cessait de penser, de penser, de penser, et pendant longtemps il ne put s'endormir...

« S'il est sûr qu'il s'est levé pour m'égorger *sans en avoir l'intention*, ne cessait-il de ressasser, cette idée ne lui serait-elle pas venue en tête ne serait-ce qu'une fois auparavant, ne serait-ce qu'en rêve à quelque moment de fureur? »

Il résolut cette question de façon étrange : « Pavel Pavlovitch avait voulu le tuer, mais pas une fois cette pensée du meurtre n'était venue à l'esprit du futur assassin. » Bref : « Pavel Pavlovitch voulait tuer, mais il ne savait pas qu'il voulait tuer. C'est absurde, mais c'est ainsi, pensait Veltchaninov. Ce n'est pas pour trouver un poste et pour Bagaoutov qu'il est venu ici, bien qu'il ait cherché ici un poste et qu'il ait couru chez Bagaoutov, et qu'il soit devenu furieux quand celui-ci est mort; il méprisait Bagaoutov comme de la poussière. C'est pour moi qu'il est venu ici, et il est venu avec Liza... »

« Et est-ce que je m'attendais moi-même à ce qu'il... m'égorge? » Il décida que oui, qu'il s'y attendait, précisément depuis cet instant où il l'avait vu dans le fiacre qui suivait le cercueil de Bagaoutov; « je devais m'attendre à quelque chose... mais, bien entendu, pas à cela; bien entendu pas à ce qu'il m'égorge!... ».

« Mais est-il possible, est-il possible que tout ce que, tout ce que... soit vrai, s'exclama-t-il de nouveau, en soulevant soudain sa tête de l'oreiller et en ouvrant les yeux, tout ce que ce fou m'a raconté hier au sujet de l'amour qu'il me porte, alors que son menton s'était mis à trembler et qu'il se frappait la poitrine avec son poing?

« C'est l'absolue vérité! » décida-t-il, en approfondissant et en analysant sans répit. Ce Quasimodo de T. était par trop bête et trop noble pour tomber amoureux de l'amant de son épouse, qu'il n'a *pas du tout* soupçonnée durant vingt ans! « Il m'a respecté neuf ans durant, il a vénéré ma mémoire et s'est rappelé mes "bons mots", Seigneur, et moi qui ne savais rien! Il ne pouvait mentir hier! Mais est-ce qu'il m'aimait hier quand il m'a avoué son amour et qu'il a dit : "Réglons les comptes"? Oui, il m'aimait *par méchanceté*, c'est l'amour le plus fort...

« Ce qui est possible en effet, oui c'est sans doute cela, c'est que je lui ai fait une impression colossale à T., oui colossale précisément et "réjouissante"; et c'est précisément avec un tel Schiller qui a revêtu les habits de Quasimodo que cela pouvait se produire! Il m'a exagéré cent fois parce que je l'ai trop impressionné dans son isolement philosophique... Je serais curieux de savoir ce qui en moi l'a impressionné au juste. Vraisemblablement, sans doute, mes gants frais et la façon dont je sais les mettre. Les Quasimodo aiment l'esthétisme. Oh! comme ils l'aiment! Un seul gant est amplement suffisant pour certaine âme noble, plus encore parmi les "éternels maris". Quant au reste ils l'ajouteront au centuple et ils se battront même pour vous, pour peu que vous le vouliez. Mes moyens de séduction il les place si haut ! Ce sont peut-être ces moyens de séduction justement qui l'ont frappé plus que tout. Et son cri alors : "Si celui-là aussi, alors en qui avoir confiance après cela !" Après un cri pareil, on se transforme en bête sauvage !...

« Hum ! Il est venu ici pour "m'embrasser et pleurer", comme il s'est exprimé avec tant de lâcheté, autrement dit, il est venu pour m'égorger alors qu'il songeait à "m'embrasser et à pleurer"... Il a emmené Liza aussi. Eh quoi : si j'avais pleuré avec lui, peut-être m'aurait-il pardonné en fait, parce qu'il avait terriblement envie de me pardonner !... Tout cela s'est transformé à la première rencontre en des grimaces d'ivrogne et en caricature et en hurlements hideux de bonne femme à propos de son offense. (Les cornes, oui les cornes faites sur le front !) C'est pour cela qu'il est venu alors qu'il était soûl, afin de parler, même en grimaçant ; à jeun il n'aurait pas pu... Ah ! comme il aimait grimacer ; ah ! comme il aimait ça ! Oh ! comme il a été content quand il m'a forcé à l'embrasser ! Seulement il ne savait pas alors comment cela se terminerait : m'embrasser ou m'égorger ? Ce qui est arrivé, bien sûr, c'est que la meilleure chose était l'un et l'autre à la fois. La solution la plus naturelle ! Oui, la nature n'aime pas les monstres et les achève "avec des solutions naturelles". Le monstre le plus monstrueux est le monstre qui a de nobles sentiments : je le sais par ma propre expérience, Pavel Pavlovitch ! La nature pour un monstre n'est pas une tendre mère, mais une marâtre. La nature engendre un monstre, mais au lieu de le plaindre, elle le châtie, et comme il faut. Les embrassades et les larmes de pardon universel, les honnêtes gens de notre époque ne s'en sortent pas indemnes, et n'en est-il pas ainsi pour vous et pour moi, Pavel Pavlovitch ?

« Oui, il était assez stupide pour m'emmener chez sa fiancée, Seigneur ! Sa fiancée ! Seul un Quasimodo de ce genre peut avoir l'idée de "renaître à une nouvelle vie", grâce à l'innocence de mademoiselle Zakhlébinina ! Mais vous n'êtes pas coupable, Pavel Pavlovitch, vous n'êtes pas coupable : vous êtes un monstre et c'est pourquoi chez vous tout doit être monstrueux, vos rêves comme vos espoirs. Mais bien que vous soyez un monstre, vous avez mis en doute dans vos rêves la nécessité de la haute sanction de Veltchaninov que vous respectiez avec vénération. Il fallait l'approbation de Veltchaninov, sa confirmation que le rêve n'était pas un rêve, mais la réalité. Il m'a emmené à cause de son respect mêlé de vénération pour moi, convaincu de la noblesse de mes sentiments, croyant, peut-être, que nous nous embrasserions là-bas sous un buisson et que nous pleurerions à proximité de l'innocence. Oui ! cet "éternel mari" devait, il était finalement tenu de se châtier un jour ou l'autre à cause de tout, une bonne fois pour toutes, et pour se châtier il s'est saisi d'un rasoir, par hasard, il est vrai, mais il s'en est malgré tout saisi! "Malgré tout, il a enfoncé le couteau, malgré tout cela s'est terminé par le fait qu'il a enfoncé le couteau, en présence du gouverneur!" Mais d'ailleurs, avait-il la moindre idée de ce genre quand il m'a raconté son histoire au sujet du garçon d'honneur? Et y avait-il vraiment quelque chose cette nuit-là quand il s'est levé de son lit et qu'il est resté au milieu de la pièce? Hum. Non, il restait là *pour plaisanter* alors. Il s'est levé pour son affaire, et quand il s'est aperçu que j'avais la frousse de lui, il ne m'a pas répondu dix minutes durant, parce qu'il lui était très agréable que j'aie la frousse de lui... C'est là, peut-être, que quelque chose lui est vraiment passé par la tête pour la première fois, quand il était dans l'obscurité alors...

« Mais malgré tout, si je n'avais pas oublié sur la table ces rasoirs, il ne se serait sans doute rien passé. N'est-ce pas? N'est-ce pas? Car avant il m'évitait, car il n'était pas venu chez moi deux semaines durant; car il s'était caché de moi, *par pitié* pour moi! Car au début c'est Bagaoutov qu'il avait choisi, et pas moi! Car il a bondi en pleine nuit pour me chauffer des assiettes, pensant faire diversion : du couteau à l'attendrissement!... Et il voulait se sauver et me sauver, avec des assiettes chaudes!... »

Et longtemps encore la tête malade de cet ancien « homme du monde » travailla ainsi, en moulant du vide, avant de se calmer. Il se réveilla le lendemain matin avec le même mal de tête, mais avec une terreur complètement *nouvelle* et complètement inattendue.

Cette nouvelle terreur venait de sa conviction absolue, qui s'était renforcée soudain, que lui, Veltchaninov (qui restait aussi un homme du monde), aujourd'hui même, de par sa propre volonté, irait voir Pavel Pavlovitch; dans quel but, pour quoi faire, il n'en savait rien et c'est avec répulsion qu'il ne voulait pas le savoir, mais il savait seulement que quelque chose l'attirait.

Cette folie — il ne pouvait l'appeler autrement — évolua cependant au point qu'elle prit, pour autant que cela était possible, un aspect rationnel et un prétexte assez légitime : il lui semblait avoir vu en rêve que Pavel Pavlovitch retournait dans sa chambre, s'enfermait solidement et se pendait, comme cet intendant dont avait parlé Maria Syssoïévna. Ce rêve de la veille devint peu à peu en lui une certitude insensée, mais irréfutable. « Pourquoi cet imbécile se pendrait-il? » s'interrompait-il à tout instant. Il se souvenait des paroles de Liza, l'autre jour... « Et d'ailleurs, à sa place, peut-être que je me pendrais... » se prit-il à songer une fois.

Cela se termina ainsi qu'au lieu d'aller déjeuner, il se rendit malgré tout chez Pavel Pavlovitch. « Je demanderai seulement à Maria Syssoïévna », décida-t-il. Mais à peine avait-il eu le temps de sortir qu'il s'arrêta soudain sous le porche.

« Est-il possible, est-il possible, s'écria-t-il en rougissant de honte, est-il possible que j'aille traîner là-bas pour "l'embrasser et pleurer" ? Est-il possible que cette muflerie insensée ne suffise pas à tout ce ridicule ? »

Mais il fut sauvé de cette « muflerie insensée » par la providence des gens honnêtes et comme il faut. A peine était-il dans la rue qu'il tomba sur Alexandre Lobov. Le jeune homme était essoufflé et agité.

— J'allais chez vous ! Votre ami, Pavel Pavlovitch, quel type !

— Il s'est pendu ? murmura sauvagement Veltchaninov.

— Qui s'est pendu ? Pour quoi faire ? dit Lobov en écarquillant les yeux.

— Ce n'est rien... je disais cela comme ça ; poursuivez !

— Diable, eh bien, quand même, vous avez une drôle de tournure d'esprit ! Il ne s'est pas du tout pendu (pourquoi se pendrait-il ?). Au contraire : il est parti. Je viens de l'accompagner au train et il est parti. Oh ! comme il boit, je ne vous dis pas ! Nous avons bu trois bouteilles ; Predpossylov aussi, mais comme il boit, comme il boit ! Il poussait la chanson dans le wagon, il se souvenait de vous, il nous a fait des signes de la main, il nous a demandé de vous saluer. Mais quelle canaille, hein, qu'est-ce que vous en pensez ?

Le jeune homme était réellement ivre ; son visage cramoisi, ses yeux brillants et sa langue indocile en témoignaient. Veltchaninov partit d'un rire à gorge déployée :

— Ainsi ils en ont quand même fini, à la Brüderschaft ! Ha ! ha ! Ils se sont embrassés et ils ont pleuré ! Ah, vous alors, les poètes à la Schiller !

— Ne dites pas de grossièretés, je vous en prie. Vous savez, *là-bas*, il a complètement renoncé. Hier il s'est rendu là-bas et aujourd'hui aussi. Il nous a terriblement cafardés. On a enfermé Nadia : elle est à l'entresol. Des cris, des larmes, mais nous ne céderons pas ! Mais comme il boit, je vais vous dire, comme il boit ! Et vous savez, qu'est-ce qu'il est de mauvais ton, non pas de mauvais ton, mais comment vous dites déjà ?... Et il n'arrêtait pas de se souvenir de vous, mais quelle différence avec vous ! Vous êtes malgré tout un honnête homme et vous avez effectivement appartenu autrefois à la haute société et ce n'est que maintenant que vous êtes obligé d'en rabattre, par pauvreté, quoi... Que diable, je ne l'ai pas bien compris.

— Et c'est donc lui qui vous a parlé de moi en ces termes ?

— Oui, oui, ne vous fâchez pas. Etre un citoyen c'est mieux que la haute société. Et d'autant plus qu'à notre époque en Russie on ne sait pas qui respecter. Reconnaissez que c'est une grave maladie de notre époque, quand on ne sait qui respecter, n'est-ce pas ?

— C'est vrai, c'est vrai, et lui ?

— Lui ? Qui ? Ah oui ! Pourquoi disait-il toujours « Veltchaninov qui a cinquante ans, *mais* qui est ruiné » et non « *et* qui est ruiné » ? Il a ri, et mille fois il a répété cela. Il s'est installé dans le train, il a entonné une chanson et il s'est mis à pleurer, c'était tout bonnement répugnant ; c'était même pitoyable, ivre comme il était. Ah ! je n'aime pas les imbéciles ! Il s'est mis à distribuer de l'argent aux miséreux, pour le repos de l'âme de Lizaviéta, sa femme, non ?

— Sa fille.

— Qu'est-ce que vous avez à la main ?

— Je me suis coupé.

— Ce n'est rien, ça passera. Vous savez, que le diable l'emporte ; c'est bien qu'il soit parti, mais je parie que là où il sera, il va immédiatement se marier, n'est-ce pas ?

— Mais vous aussi vous voulez vous marier ?

— Moi ? C'est autre chose, ah, comme vous y allez, vraiment ! Si vous avez cinquante ans, lui, sans doute il doit en avoir soixante ; il faut être logique mon vieux ! Et vous savez, avant, il y a longtemps déjà, j'étais purement slavophile de convictions, mais maintenant nous attendons l'aube de l'Occident... Bon, eh bien au revoir ; c'est bien que je vous aie rencontré sans passer chez vous ; je ne passe pas, ne me le demandez pas, je n'ai pas le temps !...

Et il allait partir en courant.

— Ah ! au fait ! dit-il en revenant soudain ; il m'a envoyé vous voir avec une lettre ! Voici la lettre. Pourquoi n'êtes-vous pas venu l'accompagner ?

Veltchaninov revint chez lui et décacheta l'enveloppe qui était à son nom.

Il n'y avait dans l'enveloppe pas une seule ligne de Pavel Pavlovitch, mais il y avait une autre lettre. Veltchaninov reconnut cette écriture. La lettre était ancienne, sur un papier jauni par le temps, d'une encre passée, écrite il y a dix ans et adressée à lui à Pétersbourg, deux mois après son départ de T. Mais la lettre n'était pas partie ; à la place il en avait reçu une autre ; cela était clair d'après le sens de la lettre jaunie. Dans cette lettre, Natalia Vassiliévna tout en lui faisant ses adieux définitifs, exactement comme dans l'autre lettre qu'il avait reçue, et tout en lui avouant qu'elle en aimait un autre, ne lui cachait pas cependant qu'elle était enceinte. Au contraire, pour le consoler, elle lui prédisait qu'elle trouverait l'occasion de lui envoyer l'enfant attendu, lui assurait que dorénavant ils avaient d'autres obligations, que leur amitié était maintenant scellée pour toujours, bref, il y avait peu de logique, mais le but restait le même : qu'il la libère de son amour. Elle lui permettait même de passer à T., dans un an, pour voir l'enfant. Dieu sait pourquoi elle s'était ravisée et avait envoyé une autre lettre à la place de celle-ci.

Veltchaninov était blême en lisant, mais il imaginait aussi Pavel Pavlovitch trouvant cette lettre et la lisant pour la première fois devant le coffret de famille en ébène incrusté de nacre.

« Il a probablement blêmi, lui aussi, comme un cadavre, pensa-t-il, après avoir remarqué par hasard son visage dans un miroir ; probablement a-t-il lu et a-t-il fermé les yeux, et les a-t-il soudain ouverts dans l'espoir que la lettre se transformerait en un simple papier blanc... Sans doute a-t-il répété trois fois peut-être l'expérience !... »

17

L'ÉTERNEL MARI

Presque deux ans exactement se sont écoulés depuis l'aventure que nous avons décrite. Nous rencontrons monsieur Veltchaninov par une magnifique journée d'été assis dans un wagon d'une de nos lignes de chemin de fer récemment ouvertes. Il se rendait pour son plaisir à Odessa chez un ami, et en même temps une autre occasion assez agréable l'y attirait ; il espérait arranger, par l'intermédiaire de cet ami, une rencontre avec une dame fort intéressante dont il voulait depuis longtemps faire la connaissance. Sans entrer dans les détails, bornons-nous à remarquer qu'il s'était beaucoup régénéré ou plutôt qu'il s'était guéri au cours de ces deux dernières années. Il ne restait presque plus trace de son ancienne hypocondrie. Des divers « souvenirs » et angoisses — conséquences de la maladie — qui l'avaient harcelé à Pétersbourg deux ans plus tôt, durant son malheureux procès, il n'avait gardé en lui qu'une honte secrète qui venait de la conscience de son ancienne lâcheté. Il était en partie récompensé par la certitude que cela ne se reproduirait plus et que personne ne le saurait jamais. Il est vrai qu'il avait alors abandonné les mondanités, s'habillait même n'importe comment, se cachait de tout le monde, ce que *tout le monde* avait remarqué, bien entendu. Mais il avait si vite fait amende honorable et de plus avec l'air de quelqu'un qui s'était à ce point régénéré et qui était si sûr de lui-même, que « tout le monde » pardonna sur-le-champ son égarement momentané ; et ceux notamment qui avaient cessé de le saluer étaient les premiers à le reconnaître et à lui tendre la main, et de plus sans la moindre question importune, comme si durant tout ce temps il s'était trouvé quelque part au loin, absent de ses affaires domestiques, ce dont personne n'avait que faire, comme s'il venait de revenir. La raison de tous ces changements favorables et de bon sens vers quelque chose de meilleur était, bien entendu, le procès qu'il avait gagné. Veltchaninov avait obtenu en tout soixante mille roubles, ce qui n'était pas quelque chose d'énorme sans doute, mais quelque chose de très important pour lui : premièrement il s'était immédiatement senti sur un terrain solide, donc il était moralement soulagé ; il savait maintenant à coup sûr que cette ultime fortune, il ne la dépenserait pas comme un « imbécile », comme il l'avait fait pour ses deux premières, et qu'elle lui suffirait pour le restant de ses jours. « Leurs institutions sociales peuvent toujours craquer et ils peuvent toujours crier sur tous les toits, songeait-il parfois en examinant et en écoutant ce qui se passait de merveilleux et d'incroyable autour de lui dans toute la Russie, quelle que soit la façon dont les hommes et les idées se transforment, j'aurai toujours au moins ce déjeuner fin et délicieux pour lequel je me mets à table maintenant, et je suis donc prêt à tout. » Cette pensée douce jusqu'à la volupté l'envahissait peu à peu complètement et allait jusqu'à produire en lui une transformation physique, voire même morale : il avait maintenant l'air d'un homme tout à fait différent, par comparaison avec cette « taupe » que nous avons décrite deux ans plus tôt, et à qui arrivaient des histoires si incongrues ; il avait un air joyeux, lumineux, droit. Même les rides pernicieuses, qui avaient commencé à s'accumuler autour de ses yeux et sur le front, s'étaient presque effacées ; même le teint de son visage avait changé, il était devenu plus clair, plus rose. Pour le moment il était installé dans une confortable place d'un wagon de première classe et il avait en tête une idée qui lui était chère : il y avait à la gare suivante un embranchement et une nouvelle ligne partait sur la droite. « Si j'abandonnais, pour un moment, la route directe et si j'étais entraîné vers la droite, eh bien il me serait encore possible, à peine deux gares plus loin, de rendre visite à une dame de ma connaissance qui vient de rentrer de l'étranger et qui se trouve dans un isolement provincial fort ennuyeux pour elle, mais agréable pour moi ; et on peut donc envisager la possibilité de passer le temps de façon non moins intéressante qu'à Odessa, d'où l'autre ne partirait pas pour autant... » Mais il continuait à hésiter et ne pouvait se résoudre définitivement ; il « attendait une impulsion ». Cependant la gare approchait ; l'impulsion ne se fit pas attendre.

Le train s'arrêtait quarante minutes dans cette gare où un déjeuner était proposé aux voyageurs. Tout près de l'entrée de la salle des voyageurs des première et deuxième classes se bousculaient, comme d'habitude, une masse de gens impatients et pressés et, aussi comme d'habitude sans doute, il y eut un scandale. Une dame, qui était sortie d'un wagon de deuxième classe et qui était remarquablement jolie, mais tout de même trop luxueusement habillée pour une voyageuse, traînait quasiment avec ses deux mains un uhlan, un petit officier tout jeune et joli, qui cherchait à s'échapper. Le petit officier était passablement éméché et la dame, selon toute vraisemblance une parente plus âgée, ne le lâchait pas, craignant sans doute qu'il ne se précipite directement sur les boissons du buffet. Dans la cohue, cependant, un commerçant qui, lui aussi, avait fait la fête, et même à l'excès, s'était heurté au uhlan. Le commerçant était bloqué en gare depuis deux jours, il buvait et gaspillait son argent, entouré d'une compagnie diverse, et il n'arrivait pas à trouver un train pour se rendre au-delà. Il y eut une dispute, l'officier criait, le commerçant jurait, la dame était désespérée et tirait le uhlan hors de la dispute, en s'exclamant d'une voix suppliante : « Mitienka ! Mitienka ! » Cela parut par trop scandaleux au commerçant ; tout le monde riait, il est vrai, mais le commerçant se vexa encore plus du fait de sa morale qui se trouvait offensée, c'est ce qui lui semblait, on ne sait pourquoi.

— Voyez-vous ça, « Mitienka ! », prononça-t-il avec réprobation, en singeant la petite voix de la dame. Et même en public ils n'ont pas honte !

Et après s'être approché en titubant de la dame qui s'était précipitée sur la première chaise et qui avait réussi à installer le uhlan à côté d'elle, il les toisa tous deux d'un air méprisant et dit d'une voix traînante :

— Espèce de putain, putain, et en plus ça remue le derrière !

La dame glapit et regarda pitoyablement autour d'elle, dans l'attente d'un sauveur. Elle avait honte, et elle avait peur, mais pour couronner le tout, l'officier bondit de sa chaise et tenta de se jeter en hurlant sur le commerçant, mais il glissa et s'écroula de nouveau sur la chaise. Tout autour les rires augmentaient et personne ne songeait à apporter son aide ; ce fut Veltchaninov qui les aida : il saisit soudain le commerçant au collet et, après lui avoir fait faire demi-tour, il l'envoya valser à cinq pas de la femme épouvantée. Ainsi le scandale prit fin ; le commerçant était complètement ébahi tant par le coup que par l'allure imposante de Veltchaninov ; ses camarades l'emmenèrent aussitôt. La physionomie pleine de prestance d'un monsieur élégamment habillé eut aussi une grosse influence sur les rieurs : les rires cessèrent. La dame, en rougissant et presque avec des larmes, entreprit de s'épancher en l'assurant de sa reconnaissance. Le uhlan grommelait « m'ci, m'ci ! », et il aurait bien tendu la main à Veltchaninov, mais il eut soudain l'idée de se coucher sur les chaises pour s'y étendre de tout son long.

— Mitienka ! gémit avec réprobation la dame en battant des mains.

Veltchaninov était satisfait de l'aventure comme de l'occasion. La dame l'intéressait : c'était visiblement une petite provinciale aisée, habillée sans goût, mais luxueusement malgré tout, avec des manières légèrement ridicules également, mais elle réunissait en elle précisément tout ce qui pouvait garantir le succès à un fat de la capitale ayant les visées que l'on sait sur une femme. Une conversation s'engagea ; la dame parla vivement de son mari dont elle se plaignait et qui s'était « soudain caché à côté du wagon, et tout venait de ce qu'il se cachait éternellement quelque part au moment où il devrait être là... ».

— En cas de besoin... marmonna le uhlan.

— Ah ! Mitienka ! s'écria-t-elle en battant de nouveau des mains.

« Eh bien le mari va en prendre pour son grade ! » pensa Veltchaninov.

— Comment s'appelle-t-il ? Je vais aller le chercher, proposa-t-il.

— Pal Palytch, répliqua le uhlan.

— Votre mari s'appelle Pavel Pavlovitch ? répliqua Veltchaninov dont la curiosité était piquée, et soudain la tête chauve qu'il connaissait se glissa entre lui et la dame. Et un instant il revit le jardin des Zakhlébinine, les jeux innocents et cette tête chauve et ennuyeuse qui ne cessait de se fourrer entre Nadiéjda Fédosséïévna et lui.

— Vous voici enfin ! s'écria d'une voix hystérique l'épouse.

C'était Pavel Pavlovitch en personne ; complètement étonné et terrorisé il regardait Veltchaninov, figé devant lui comme s'il se trouvait devant un fantôme. Sa stupeur était telle que pendant un certain temps on vit qu'il ne comprenait pas ce que lui expliquait avec une volubilité irritée son épouse offensée. Enfin il tressaillit et comprit d'un coup toute la raison de sa terreur : à la fois sa faute, ce qui concernait Mitienka, et le fait que ce « m'sieur » — c'est ainsi que la dame appelait on ne sait pourquoi Veltchaninov — « avait été pour nous un ange gardien et un sauveur, alors que vous, vous êtes éternellement absent au moment où vous devriez être là... ».

Veltchaninov éclata soudain de rire.

— Mais nous sommes des amis, des amis d'enfance ! s'exclama-t-il devant la dame étonnée, après avoir familièrement entouré d'un geste protecteur son bras droit autour des épaules de Pavel Pavlovitch qui avait un sourire blême. Il ne vous a pas parlé de Veltchaninov ?

— Non, il ne m'en a jamais parlé, dit l'épouse quelque peu stupéfaite.

— Eh bien présentez-moi à votre épouse, mon fidèle ami !

— Lipotchka[1], en effet, c'est monsieur Veltchaninov, et donc... allait poursuivre Pavel Pavlovitch qui s'interrompit honteux. Son épouse avait piqué un fard et dirigeait vers lui des yeux de braise, certainement à cause du surnom « Lipotchka ».

— Et imaginez-vous qu'il ne m'a pas fait savoir qu'il se mariait, et il ne m'a pas invité à la noce, mais vous, Olimpiada...

— Sémionovna, souffla Pavel Pavlovitch.

— Sémionovna ! reprit soudain le uhlan qui venait de reprendre ses esprits.

— Allons, pardonnez-lui, Olimpiada Sémionovna, ne serait-ce que pour moi, au nom de cette rencontre amicale... C'est... c'est un bon mari !

Et Veltchaninov donna une tape amicale sur l'épaule de Pavel Pavlovitch.

— Ma petite âme, j'avais seulement un peu de retard... un instant... allait commencer à se justifier Pavel Pavlovitch.

— Et vous avez abandonné votre femme à la honte ! rétorqua aussitôt Lipotchka. Quand il le faut vous n'êtes pas là, et quand il ne le faut pas vous y êtes...

— Quand il ne faut pas vous y êtes, quand il ne faut pas... quand il ne faut pas... lui faisait écho le uhlan.

L'agitation de Lipotchka la faisait presque haleter ; elle ne savait pas qu'elle n'aurait pas dû agir ainsi en présence de Veltchaninov et elle rougissait, mais elle n'arrivait pas à se contenir.

— Là où il ne le faut pas, vous êtes bien trop prudent, beaucoup trop prudent ! ne put-elle se retenir de crier.

— Sous le lit... il cherche l'amant... sous le lit, quand il ne faut pas... quand il ne faut pas... continuait Mitienka qui s'était soudain terriblement échauffé.

Mais il n'y avait plus rien à faire avec Mitienka. Tout prit fin agréablement d'ailleurs ; on fit plus amplement connaissance. On expédia Pavel Pavlovitch chercher du café et du bouillon. Olimpiada Sémionovna expliqua à Veltchaninov qu'ils venaient d'O., où son mari était en poste, et qu'ils se rendaient maintenant dans leur village qui n'était pas loin de cette gare, quarante verstes en tout, pour y rester deux mois, et qu'ils avaient là-bas une maison magnifique avec un jardin, que des amis allaient leur rendre visite, qu'ils avaient aussi des voisins, et que si Alexéï Ivanovitch avait l'extrême bonté de bien vouloir les honorer de sa présence « dans leur solitude », elle l'accueillerait « comme un ange gardien », parce qu'elle ne pouvait imaginer sans terreur ce

1. Lipotchka est un diminutif très familier d'Olimpiada. La façon la plus polie de s'adresser à quelqu'un est de le faire grâce au prénom et au patronyme, ici Sémionovna.

qui se serait passé si..., etc., etc.; bref, « comme un ange gardien... ».

— Et un sauveur, et un sauveur, insista avec flamme le uhlan.

Veltchaninov remercia poliment et répondit qu'il était toujours prêt, qu'il était complètement oisif et sans occupation et que l'invitation d'Olimpiada Sémionovna était pour lui des plus flatteuses. Puis il entama une conversation fort joyeuse, au cours de laquelle il glissa avec bonheur deux ou trois compliments. Lipotchka rougit de bonheur et, dès que Pavel Pavlovitch revint, elle lui déclara triomphante qu'Alexéï Ivanovitch était si bon qu'il avait accepté son invitation à rester chez eux un mois entier et qu'il avait promis de venir dans une semaine. Pavel Pavlovitch sourit éperdu et se tut. Olimpiada Sémionovna haussa ses petites épaules dans sa direction et leva les yeux au ciel. Enfin, ils se séparèrent : une fois encore des remerciements, de nouveau des « ange gardien », de nouveau « Mitienka », et Pavel Pavlovitch emmena enfin son épouse et le uhlan pour qu'ils s'installent dans le wagon. Veltchaninov alluma un cigare et fit les cent pas dans la galerie devant la gare; il savait que Pavel Pavlovitch accourrait de nouveau pour lui parler avant la cloche. C'est ce qui se produisit. Pavel Pavlovitch ne tarda pas à apparaître devant lui, ses yeux comme toute sa physionomie n'exprimant qu'une seule et angoissante question. Veltchaninov éclata de rire : il le prit « amicalement » par le coude et, après l'avoir tiré vers le banc le plus proche, il s'assit et l'installa juste à côté de lui. Lui-même se taisait; il avait envie que Pavel Pavlovitch se mette à parler le premier.

— Ainsi vous venez chez nous? balbutia-t-il, en abordant la question avec une totale franchise.

— Je le savais! Vous n'avez pas changé d'un iota! dit en riant Veltchaninov. Mais est-ce que vraiment, et il lui fit de nouveau une tape sur l'épaule, est-ce que vraiment vous avez pu sérieusement croire un instant que je pouvais effectivement venir chez vous et, en plus, un mois entier? Ha! ha!

Pavel Pavlovitch frétilla de tout son corps.

— Ainsi vous ne viendrez pas! s'écria-t-il, sans cacher le moins du monde sa joie.

— Je ne viendrai pas, je ne viendrai pas! répéta en riant Veltchaninov qui était content de lui. Il ne comprenait d'ailleurs pas lui-même ce qu'il y avait là de si drôle pour lui, mais il riait de plus en plus.

— Vraiment... vraiment, vous dites cela pour de bon? Et Pavel Pavlovitch en bondit même de sa place, tant il bouillait d'impatience.

— Dès l'instant que je le dis, je ne viendrai pas, vous êtes vraiment quelqu'un de bizarre!

— Comment alors... s'il en est ainsi, que dire à Olimpiada Sémionovna, quand dans une semaine vous ne nous ferez pas l'honneur de... et qu'elle vous attendra ?

— Vous parlez d'une difficulté ! Dites que je me suis cassé la jambe ou quelque chose de ce genre.

— On ne me croira pas, dit Pavel Pavlovitch en laissant filer sa petite voix pitoyable.

— Et vous en prendrez pour votre grade ? dit Veltchaninov en continuant de rire. Mais je remarque, mon pauvre ami, que vous tremblez devant votre épouse, hein ?

Pavel Pavlovitch tenta de sourire, mais en vain. Que Veltchaninov refuse de venir, c'était bien, évidemment, mais qu'il se permette des familiarités à propos de son épouse, cela n'allait plus. Pavel Pavlovitch se recroquevilla ; Veltchaninov le remarqua. Entre-temps le deuxième coup de cloche avait retenti ; au loin on entendit une petite voix qui venait d'un wagon et qui appelait Pavel Pavlovitch sur un ton angoissé. Celui-ci s'agita sur place, mais il ne courut pas à l'appel, attendant encore visiblement quelque chose de Veltchaninov, certainement l'assurance qu'il ne viendrait pas chez eux.

— Quel est le nom de jeune fille de votre épouse ? s'enquit Veltchaninov comme s'il ne remarquait pas du tout l'angoisse de Pavel Pavlovitch.

— Je l'ai prise chez notre vicaire, répondit-il, en regardant troublé le wagon et en tendant l'oreille.

— Je comprends : pour sa beauté.

Pavel Pavlovitch se recroquevilla de nouveau.

— Et qui est ce Mitienka qui est avec vous ?

— Rien de particulier : c'est un parent éloigné, le fils de ma cousine, qui est décédée, un certain Goloubtchikov ; il a été dégradé pour avoir fait de l'agitation et il vient d'être réintégré ; c'est nous qui l'avons équipé... C'est un jeune homme malheureux...

« Eh bien voilà, tout est en place ; le décor est complet ! » songea Veltchaninov.

— Pavel Pavlovitch ! De nouveau retentit l'appel venant du wagon avec cette fois une nuance de grande irritation dans la voix.

— Pal Palytch ! cria une autre voix, sifflante.

Pavel Pavlovitch s'agita de nouveau et faillit partir, mais Veltchaninov le saisit fermement par le coude et l'arrêta.

— Voulez-vous que j'aille maintenant raconter à votre épouse comment vous avez voulu m'égorger, hein ?

— Que dites-vous, que dites-vous ! dit Pavel Pavlovitch terriblement effrayé. Que Dieu vous en garde !

— Pavel Pavlovitch ! Pavel Pavlovitch ! On entendit de nouveau les voix.

— Bon, filez ! dit enfin Veltchaninov en le libérant et en continuant à rire avec bonhomie.

— Alors vous ne viendrez pas ? murmura une dernière fois, presque désespéré, Pavel Pavlovitch qui avait joint les mains devant lui, comme au temps jadis.

— Je vous le jure, je ne viendrai pas ! Filez, il va y avoir une catastrophe !

Et il lui tendit une large poignée de main, il la tendit et sursauta : Pavel Pavlovitch n'avait pas pris sa main et avait même retiré la sienne.

La cloche retentit pour la troisième fois.

En un instant il se produisit quelque chose d'étrange entre eux ; tous les deux étaient comme transfigurés. Quelque chose semblait tressaillir et céder soudain en Veltchaninov, lequel riait tant à peine une minute plus tôt. Il saisit fermement et rageusement Pavel Pavlovitch par l'épaule.

— Dès l'instant que moi, *moi* je vous tends cette main-là, et il montra la paume de sa main gauche sur laquelle restait bien en vue une grosse cicatrice due à la coupure, vous pourriez quand même la prendre ! murmura-t-il, les lèvres tremblantes et blêmes.

Pavel Pavlovitch avait lui aussi blêmi, ses lèvres tremblaient également. Des convulsions parcoururent soudain son visage.

— Et Liza ? balbutia-t-il en un rapide chuchotement, et soudain ses lèvres tremblèrent, ainsi que ses joues et son menton, et des larmes jaillirent de ses yeux. Veltchaninov resta devant lui comme une souche.

— Pavel Pavlovitch ! Pavel Pavlovitch ! hurla-t-on depuis le wagon, comme si l'on y égorgeait quelqu'un, et soudain le sifflet retentit.

Pavel Pavlovitch reprit ses esprits, joignit les mains et se mit à courir à toutes jambes ; le train démarrait déjà, mais il avait réussi malgré tout à s'accrocher et à sauter en marche dans son wagon. Veltchaninov resta à la gare et il ne reprit son voyage que le soir, après avoir attendu un nouveau train qui partait dans la même direction. En vérité, il n'alla pas chez son amie de province, il n'était vraiment pas d'humeur. Et comme il le regretta ensuite !

EXTRAIT DU CATALOGUE LIBRIO

CLASSIQUES

Affaire Dreyfus (L')
J'accuse et autres documents - n°201 (*janv. 98*)

Alphonse Allais
L'affaire Blaireau - n°43
A l'œil - n°50

Honoré de Balzac
Le colonel Chabert - n°28
Melmoth réconcilié - n°168

Jules Barbey d'Aurevilly
Le bonheur dans le crime - n°196

Charles Baudelaire
Les Fleurs du Mal - n°48
Le Spleen de Paris - n°179

Beaumarchais
Le barbier de Séville - n°139

Bernardin de Saint-Pierre
Paul et Virginie - n°65

Pedro Calderón de la Barca
La vie est un songe - n°130

Corneille
Le Cid - n°21

Alphonse Daudet
Lettres de mon moulin - n°12
Sapho - n°86
Tartarin de Tarascon - n°164

Charles Dickens
Un chant de Noël - n°146

Denis Diderot
Le neveu de Rameau - n°61

Fiodor Dostoïevski
L'éternel mari - n°112
Le joueur - n°155

Gustave Flaubert
Trois contes - n°45
Dictionnaire des idées reçues - n°175

Anatole France
Le livre de mon ami - n°121

Théophile Gautier
Le roman de la momie - n°81

Genèse (La) - n°90

Goethe
Faust - n°82

Nicolas Gogol
Le journal d'un fou - n°120

Victor Hugo
Le dernier jour d'un condamné - n°70

Henry James
Une vie à Londres - n°159
Le tour d'écrou - n°200 (*janv. 98*)

Franz Kafka
La métamorphose - n°3

Madame de La Fayette
La Princesse de Clèves - n°57

Jean de La Fontaine
Le lièvre et la tortue et autres fables - n°131

Alphonse de Lamartine
Graziella - n°143

Gaston Leroux
Le fauteuil hanté - n°126

Longus
Daphnis et Chloé - n°49

Pierre Louÿs
La Femme et le Pantin - n°40

Nicolas Machiavel
Le Prince - n°163

Stéphane Mallarmé
Poésie - n°135

Guy de Maupassant
Le Horla - n°1
Boule de Suif - n°27
Une partie de campagne - n°29
La maison Tellier - n°44
Une vie - n°109
Pierre et Jean - n°151

Prosper Mérimée
Carmen - n°13
Mateo Falcone - n°98
Colomba - n°167

Les Mille et Une Nuits
Histoire de Sindbad le Marin - n°147
Aladdin ou la lampe merveilleuse - n°191

Molière
Dom Juan - n°14
Les fourberies de Scapin - n°181

Alfred de Musset
Les caprices de Marianne - n°39

Gérard de Nerval
Aurélia - n°23
Ovide
L'art d'aimer - n°11

Charles Perrault
Contes de ma mère l'Oye - n°32

Platon
Le banquet - n°76

Edgar Allan Poe
Double assassinat dans la rue Morgue - n°26
Le scarabée d'or - n°93

Alexandre Pouchkine
La fille du capitaine - n°24
La dame de pique - n°74

Abbé Prévost
Manon Lescaut - n°94

Raymond Radiguet
Le diable au corps - n°8
Le bal du comte d'Orgel - n°156

Jules Renard
Poil de Carotte - n°25
Histoires naturelles - n°134

Arthur Rimbaud
Le bateau ivre - n°18

Edmond Rostand
Cyrano de Bergerac - n°116

Marquis de Sade
Le président mystifié - n°97
Les infortunes de la vertu - n°172

George Sand
La mare au diable - n°78
La petite Fadette - n°205 (*fév. 98*)

William Shakespeare
Roméo et Juliette - n°9
Hamlet - n°54
Othello - n°108
Macbeth - n°178

Sophocle
Œdipe roi - n°30

Stendhal
L'abbesse de Castro - n°117

Robert Louis Stevenson
Olalla des Montagnes - n°73
Le cas étrange du Dr Jekyll et de M. Hyde - n°113

Anton Tchekhov
La dame au petit chien - n°142
La salle n°6 - n°189

Léon Tolstoï
Hadji Mourad - n°85

Ivan Tourgueniev
Premier amour - n°17

Mark Twain
Trois mille ans chez les microbes - n°176

Vâtsyâyana
Kâma Sûtra - n°152

Paul Verlaine
Poèmes saturniens *suivi de* Fêtes galantes - n°62
Romances sans paroles - n°187

Jules Verne
Les cinq cents millions de la Bégum - n°52
Les forceurs de blocus - n°66
Le château des Carpathes - n°171

Voltaire
Candide - n°31
Zadig ou la Destinée - n°77
L'ingénu - n°180

Emile Zola
La mort d'Olivier Bécaille - n°42
Naïs - n°127
L'attaque du moulin - n°182

Librio
Le livre à 10F

112

Achevé d'imprimer en Europe
à Pössneck (Thuringe, Allemagne)
en juin 2000 pour le compte de EJL
84, rue de Grenelle 75007 Paris
Dépôt légal juin 2000
1er dépôt légal dans la collection : mars 1996

Diffusion France et étranger : Flammarion